中国散文 60 强

放牧汉字

U0782781

周 涛 / 著

北京联合出版公司
Beijing United Publishing Co.,Ltd.

图书在版编目（CIP）数据

放牧汉字 / 周涛著. -- 北京 : 北京联合出版公司,
2024. 8. --（中国散文60强）. -- ISBN 978-7-5596
-7815-7

Ⅰ. Ⅰ267

中国国家版本馆CIP数据核字第20246KT588号

放牧汉字

作　　者：周　涛
编　　选：吴佳骏
出 品 人：赵红仕
出版监制：张晓冬
责任编辑：夏应鹏
特约编辑：和庚方　张　颖
封面设计：立丰天

北京联合出版公司出版
（北京市西城区德外大街83号楼9层　100088）
三河市同力彩印有限公司印刷　新华书店经销
字数150千字　650毫米×920毫米　1/16　14印张
2024年8月第1版　2024年8月第1次印刷
ISBN 978-7-5596-7815-7
定价：65.00元

版权所有，侵权必究

未经书面许可，不得以任何方式转载、复制、翻印本书部分或全部内容。
本书若有质量问题，请与本公司图书销售中心联系调换。
电话：17710717619

"中国散文 60 强"丛书

编委会

丛书总策划

    张　明　　著名出版人

编委主任

    邱华栋　　全国政协常委

             中国作家协会副主席、书记处书记

编　委

    叶　梅　中国散文学会会长

    陆春祥　中国散文学会副会长

    冯秋子　中国作家协会原社联部副主任

    吴佳骏　《红岩》编辑部主任

    张　英　资深媒体人

    文　欢　作家、资深编辑

中华散文的文脉与发展

——"中国散文 60 强"总序

邱华栋

中国是诗的国度,亦是散文的国度。

穿越千年时空,从明清至唐宋,再由魏晋南北朝至两汉先秦一路回溯,汉语言文学中的散文实乃根深叶茂,硕果累累。无论是"唐宋八大家"之雄文美文,还是骈俪多姿的辞赋,以及名垂史册的《史记》《左传》,均为中国文学史上的璀璨明珠。"散文"与"诗"一道,成为中国文学的"嫡系"。尽管,后来从西方引进嫁接技术所催生的"小说",大有"喧宾夺主"之势,终究还得"认祖归宗",血脉和基因是无法改变的。

在中国散文流变历程中,曾出现过两次鼎盛期。一次是被文学史家所公认的"先秦散文"时期。其时,伴随着春秋时期的思想解放,诸子蜂起,百家争鸣,一大批散文家以饱满的气血、驳杂的学识和破茧的精神,创造出了散文的繁荣和辉煌局面,对后世产生了极大的影响。

到了"五四"时期,中国散文迎来了第二次鼎盛期。白话文如劲风激浪,吹刮和涤荡着神州大地。沉睡的雄狮醒来了,偃卧的小草开始歌唱。许多学贯中西的进步文人,肩扛文化变革的大纛,冲锋陷阵,掀起了一波又一波的新文学浪潮。《新青年》上刊载的散文,犹如一束束亮光,不但给人以希望,还给人以力量。"五四"以来的散文作品，无论是观念和主题，还是形式和风格，都跟以往的散文迥然不同。最具代表性的，当属鲁迅先生的散文（包括杂文），其刚健、凌厉的文质，疗救了中国散文长久以来颓靡不振、钙质疏流的顽疾。此外，周作人、郁达夫、朱自清、萧红、沈从文等一大批作家的散文创作亦各具特色，呈一时之盛，影响深远。

时代的前行催生了文学的发展，然而文学与时代有时并不同步甚至充满了"张力场"。"五四"的个性解放虽然催生了一批个性鲜明的散文精品，但这样的生态并未持续多久，中国散文的波峰出现了向低谷滑行的趋势。有论者指出，"散文在 50 年代既是对解放区散文文体意识的放大，又是对五四散文文体精神的进一步偏离。这种放大和偏离表现在个体性情的抒发让位于时代共性或者时代精神的谱写，政治标准优先于艺术标准，批判性为歌颂性所取代等诸方面。"（董健、丁帆、王彬彬《中国当代文学史新稿》）1960 年代初，散文创作一度出现了活跃，"专业"从事散文创作的作家群凸显出来，刘白羽、杨朔、秦牧相继登场，迅速成为散文界的三位名家。但他们的作品后人评价褒贬不一，认为其中颂歌式的写法较为单向，这种模式化的写作，不但对散文的建设毫无益处，反而扼杀了散文的个性和神采。

"文革"十年，中国散文更是一片凋零和荒芜，乏善可陈。1970 年代末，一些历经浩劫的作家开始复血，解除思想枷锁，重新拿起笔来写作，中国散文才又凤凰涅槃，焕发生机。加之各种文学刊物纷纷复刊和创刊，以及大量西方文化读物的译介出版，更为这些饥渴、桎梏太久的散文作者提供了登台亮相的舞台和瞭望世界的窗口。

1980 年代初期，伴随改革开放的热潮，思想解放大旗招展，文化随之繁荣，诸多承续"五四"精神的作家以笔为旗，抒发胸中压抑既久之块垒，出现了一批抒情性质浓郁的散文，使得现代散文这块"百花园"芳菲争艳，蔚为大观。特别是 1980 年代中期，随着作家主体意识的不断强化，中国文学开始呈现出一个崭新局面，作家从"集体意识"中抽身而出，重新返回"个体"，注重对生活的体察和内在情感的表达。这一时期，散文的艺术性得以强化，文本的精神内涵和表现空间得以拓展。

进入 1990 年代，社会发展日新月异，城镇化进程锐不可当，文化领域亦呈多元格局。各种文学思潮相互碰撞，人文精神的讨论更是打开了作家们的创作思路。"大散文"概念的提出，引发了散文界对散文的内涵和外延的重新讨论和界定。风靡一时的"文化散文"热，成为文坛上一道靓丽的风景。"新散文""原散文""后散文""在场散文"等散文流派"你方唱罢我登场"，争奇斗艳，各领风骚。

及至二十世纪末，一批深具先锋意识和文体自觉的新锐作家，像一头公牛闯入瓷器店，使散文天地发生了激烈的碰撞和变化，形成一股新的散文潮流，提升了散文的审美品质和精神向度。

纵观 1978 年至 2023 年四十多年来，中华大地在"改开"的黄金时代中，社会生活奔涌激荡，各种思潮风起云涌，散文创作更是云蒸霞蔚、气象万千，涌现了众多成就斐然、风格各异的散文作家和具有思想深度、艺术上乘的散文作品。岁月的流水冲走了枯枝败叶和闲花野草，中流砥柱却巍然屹立。时间留住了新时代的散文经典，经典在时间的长河中绽放光芒。以沙里淘金的经典散文向"改开"的时代致敬，是我们不可推卸的责任和义务。

别看散文的门槛貌似很低，要真正写好，却实属不易。优质散文是有难度的写作，它不但需要作者的智识、胸襟、眼界、修养和气度格局；更需要写作者的态度、立场、慈悲、良知和批判勇气。遗憾的是，散文创作繁荣和光鲜的另一面，却是大量平庸甚至低劣之作的泛滥，不但败坏了读者的胃口，而且造成了物质和精神的极大浪费。散文作家层出不穷，散文作品汗牛充栋，可真正能让人记住的散文佳构却凤毛麟角。

散文要发展，文学要前行。发展和前行就要从平庸的樊篱中突围。在突围的过程中，散文作家不可太"聪明"，不可太世故，要永存对文学的敬畏之心。一言以蔽之，散文的尊严来自散文作家的尊严。也可以说，要想散文繁荣，首先需要有一批人格健全，品德高尚，铁肩担道义的散文作家。什么样的人写什么样的文章。特别是写散文，最容易看出一个作家的内在品质和境界涵养。一个人格不健全的人，哪怕他作文的技法再高妙，也很难写出撼人心魄、抚慰灵魂的散文来。作家精神品质的高低，直接决定其作品的精神向度。

为了散文写作的突围和发展，为了建设独具特质的当代散文，也是为了更好地从经典散文中汲取营养，我认为有必要正视和重申一些常识性的思考。高头讲章的理论是灰色的，常识之树却葳蕤常青。

一、作家的个体精神决定散文的优劣。常言道，散文易学而难攻。难在什么地方，不是难在技巧，而是难在作家个体精神的淬炼上。倘若作家的个体精神不够丰富，不够深刻，不够清澈，纵使他手里握着一支生花妙笔，也写不出令人称赞的散文。那么，如何才能做到个体精神的丰富性呢，这就要求作家时时刻刻不背离生活，要知人情冷暖，体察人间百态，关心民瘼，有忧患意识，不要做生存的旁观者。一个冷漠甚至冷酷的人，是不适合从事散文创作的。

二、真诚是确保散文品质的基石。散文创作跟作家的生存经验息息相关，可以说，真正优质的散文，无不牵连着作家的血肉和心性。作家的喜怒哀乐，悲欢离合，都或隐或显地暗含在他的作品中。假如在一篇散文作品中，读者既看不到作者的体温，又看不到作者的态度，那这篇作品或许就是失败的。说明这个作者在他的作品中"说谎"或"造假"，缺乏真诚之心。作家一旦失去真诚，为文必定矫揉造作，作品也必定会失去生命力。因此，真诚是散文的"生命线"，也是"底线"。

三、个性是促进散文生长的养料。人无个性便无趣，文无个性便平质。当下，每年都会诞生数以万计的散文篇章，但能够让人记住，且读后还想读的作品并不多，何故？概在于这些数量庞大的散文，无论题材，还是语感都千篇一律，像是从"模具"中生产出来的，缺乏辨识度。散文要发展，必须要求作家具有"个性意识"。"个性意识"不是标新立异，更不是哗众取宠，而是一种"创新意识"和"审美意识"。但凡在散文创作方面被公认的那些大家，都是"文体家"，他们以自觉的写作实践，开创了散文写作的新路径。不合流俗方能独步致远，推动散文的建设和繁荣。

当然，以上几点并非创作散文的圭臬，谁也没有资格去为散文"立法"。

散文是自由的创造，散文精神即自由精神。我之所以提出来，仅仅是希望引起散文同行们的重视和参考，共同为中国当代散文的发展尽力增光。

我们策划、编选"中国散文60强"（1978—2023）的初衷，旨在对新时期以来的中国散文创作作出梳理、评价和选择，试图精选出风格各异的代表性散文作家，以每位一部单行本的形式，呈现出中国新时期优质散文的大体样貌。此项目的发起人为资深出版人张明先生。多年来，他一直追求做高品位的纯文学书籍，也曾连续多年与中国散文学会、中国小说学会合作，出版年度《中国散文排行榜》和年度《中国小说排行榜》。2023年他策划出版了《中国小说100强》，反响不俗。身处喧嚣、纷杂的环境，能以如此情怀和心力来为文学做如此浩大的工程，不能不令人钦佩！

感谢张明先生邀请我和叶梅、冯秋子、陆春祥、吴佳骏、张英、文欢组成编委会，共同遴选出60位作家。我们在召开筹备会的时候，即将作品的思想性、艺术性、代表性以及影响力作为编选的基本原则。在确定入选作家名单时，我们认真商讨，反复研究，生怕因为各自的眼力、审美和趣味之别，造成遗珠之憾。好在我们的工作得到了作家们的积极回应和鼎力支持，惠风和畅，大地丰饶。

60位入选的作家，既有令人尊敬的文学大家，如孙犁、张中行、汪曾祺、史铁生、邵燕祥、流沙河、刘烨园、宗璞、贾平凹、韩少功、张炜、梁晓声、阿来、冯骥才等。这批散文大家的作品，文风质朴、清朗、刚健，充满了"智性"和"诗性"。无论他们是写怀人之作，还是针砭时弊，歌咏风物，都有着鲜明的文化立场和审美取向。他们或出入历史，借古观今；或提炼人生，洞明世事，输送给读者的都是难能可贵的"精神营养"。

也有被散文界公认的名家，如李敬泽、王充闾、马丽华、周涛、冯秋子、叶梅、筱敏、张锐锋、周晓枫、于坚、鲍尔吉·原野等。这些作家的散文作品，特色鲜明，风格独特，诚挚内敛，从内容到形式，都作出了各自的探索和尝试，为当代散文注入了活力。从他们的作品中，我们不但能够领略汉语之美，更可以借此反观生活与存在，寻找人之为人的价值和尊严。

还有散文界的中坚力量和青年才俊，如彭程、谢宗玉、江子、雷平阳、任林举、塞壬、沈念、傅菲、吴佳骏、周华诚等。从他们的作品中，我们见到的，不只是中国散文的文脉传承，更是自由精神的张扬。他们文心雅正，笔力锋锐，不跟风，不盲从，始终保持着独立的思索和判断，在各自所开辟的散文园地中精耕细作，以崭新的姿态参与和推动当代散文的变革。

其实，细心的读者不难发现，入选本丛书的老、中、青三代作家都有个共性，即他们均在以自己的作品审视心灵，心系苍生，弘扬真善美，鞭挞假恶丑，充满了正义感和人道主义精神。这自然与时下众多书写风花雪月，一己悲欢，充塞小情趣、小可爱的散文区别开来。正是因为有他们的存在，中国当代散文才呈现出一幅绚丽多姿的长卷。

需要说明的是，有些重要的散文家，如张承志、余秋雨、王小波、苇岸、刘亮程、李娟等人，由于版权或其他不可抗原因，未能将他们的作品收录进来，我们深以为憾。

我们还要感谢北京立丰天文化传播有限公司的资金支持，感谢北京联合出版公司的精心编校，他们慷慨和无私的义举，对于繁荣中国当代散文创作、对于赓续中华优秀散文文脉、对于中国新时期的文化积累，均具重大价值和意义，可谓善莫大焉。这套丛书的出版意义将同《中国小说 100 强》一样，旨在给读者以经典的指引，这既是一项重要的原创文学工程，同时也是助力推动全民阅读和研究传播文化的公益工程。

郁郁乎文哉，中国散文有幸！

是为序。

2024 年 5 月 12 日星期日

（作者为全国政协常委，中国作协副主席、书记处书记）

目 录
Contents

第一辑　稀世之鸟

第四辑　文学码头

第一辑　稀世之鸟

稀世之鸟

我躲进索溪峪，钻山入洞，远离了那些把词语当瓜子嗑来嗑去的嚼舌家，这下耳根清净了。

我抽烟于戒烟日，并喝浓茶；你晾衣物于阳台，阳台宽大。

你说，"快来看呀"，压低了声音。我看见了一只鸟，惊叹一声扭身就跑回屋里去。

怎么啦？拿眼镜。没有眼镜我看不清，这么漂亮的鸟我没见过。这是什么鸟儿呀？

"大概是朱鹮了。"

"朱鹮是什么？"

"据说这个自然保护区仅存一对，全世界现在也没几只了，一种珍禽。"

珍禽就是不同凡响。我们的悄声低语并不惊动它，它就立在离阳台很近的树丫上，周围浓荫密布。它红嘴美目，身姿翩然，尾长尺许，一片华彩。它看见我们呆看它，并不惊飞，而且似不惧人，依然伫立枝头轻声鸣叫，若有所盼。它好像深知自己的美足以使人类忘却杀心，因而不躲闪、惊恐如雀。可是绝美的朱鹮，你为什么仅剩一对了呢？而且已经濒临灭绝，为什么还不防范，学会保护自己呢？

它就立在我们眼前低鸣呼唤着。

你说，现在是求偶期。果然，另一只从树丛的缝隙间款款飞来，形态颜色绝似，只是略小，无冠。这对仅存的绝代佳偶，站立枝头低鸣悄语，互相凝视，意态优雅。

他叫她，她来了。他们分离片刻，聚首便成了重逢。彼此的爱慕之情，使人一望也会感动。他从高枝翩翩飞落低丫，翎羽不乱，像一个年轻绅士熟练的舞步；她从低丫轻飞上高枝，逗他，回眸一笑百媚生。他们仿佛在商量，在挑选更好的去处，一点不焦躁，好像总能把本能的欲望控制在美的范畴。

显然，这是一对鸟中的王者了。因其绝美至雅而为王，因其珍奇罕有而为后。这唯一的一对朱鹮，遗世而独立，在我们面前展示出鸟的修养、鸟的品质、鸟的超凡脱俗和纯净。顿时，凌空向外探出的阳台成了我们的包厢，浓荫四布的高树以及远山和近处的稻田成了布景真实的舞台，稻田里秧鸡的鸣声成了隐隐升起的混声合唱。舞台的中心是这样一对芭蕾舞明星，古典的爱情故事，中世纪的王国里走来一双复活的情侣，忠贞不渝的伙伴——世界于是重又成了他们的。

"绝美！"你赞叹着说，"快去叫他们来看！"

我没动。我唯恐惊飞了它们，更害怕错失这一幕最后的瞬间。我目不转睛且随之慢慢挪动，我已经不是在看两只鸟儿，而是在看一双不死的情爱之魂于光天化日之下现形！我当然想到了化蝶的梁祝，随之在耳边飘曳出那优美的小提琴协奏曲；我当然还想到了哈姆雷特的独白，"活着呢，还是死？这是个问题"，如此等等。

这对朱鹮肯定是不会存在离婚的问题了，因为只有一对；它们显然更不用考虑计划生育的问题，因为即将绝种；但是难道它们不该考虑一下生态平衡的问题吗？老鼠那么猖獗，苍蝇那么密集，许多伟大的物种都在丑恶的包围中不堪忍受弃世而去，你俩，是不是也打算这样呢？诚如是，这便是一次美的绝灭。

美的绝种是对强大世俗丑恶力量的抗议，也是留给这世间的唯一悲剧。它就是要让你永远无法弥补。

只是，朱鹮，你这样做不是太残酷了吗？留给丑恶去耕耘不是太缺乏责任感了吗？

朱鹮终于首尾相衔，一前一后飞走了，低低飞绕于绿荫丛中，留下了我们的包厢和一座空舞台。

朱鹮飞走了，唯一的一对儿。

不知它们能躲过几个瞄准的枪口？在索溪峪，它们还有可能延续生存下去吗？我有点儿担忧。这时，我毫不搭界地突然想起两句诗来：

生如闪电之耀亮
死如彗星之迅忽

只是，我又何苦去为一对鸟的命运担忧？

在世俗的强大手掌笼盖之下，耀亮过了，尽管迅忽，也许就是一切稀世之物的品格和命运吧？伟人忧国，愚人忧鸟。

巩乃斯的马

　　没话找话就招人讨厌，话说得没意思就让人觉得无聊，还不如听吵架提神。吵架骂仗是需要激情的。

　　我发现，写文章的时候就像一匹套在轭具和辕木中的马，想到那片水草茂盛的地方去，却不能摆脱道路，更摆脱不了车夫的驾驭，所以走来走去，永远在这条枯燥的路面上。

　　我向往草地，但每次走到的，却总是马厩。

　　我一直对不爱马的人怀有一点偏见，认为那是由于生气不足和对美的感觉迟钝所造成的，而且这种缺陷很难弥补。有时候读传记，看到有些了不起的人物以牛或骆驼自喻，就有点替他们惋惜，他们一定是没见过真正的马。

　　在我眼里，牛总是有点落后的象征的意思，一副安贫知命的样子，这大概是由于过分提倡"老黄牛"精神引起的生理反感。骆驼却是沙漠的怪胎，为了适应严酷的环境，把自己改造得那么丑陋畸形。至于毛驴，顶多是个黑色幽默派的小丑，难当大用。它们的特性和模样，都清清楚楚地写着人类对动物的征服，生命对强者的屈服，所以我不喜欢。它们不是作为人类朋友的形象出现的，而是俘虏，是仆役。有时候，看到小孩子鞭打牛，高大的骆驼在妇人面前下跪，发情的毛驴被缚在车套里龇牙大鸣，我心里便产生一种悲哀和怜悯。

那卧在盐车之下哀哀嘶鸣的骏马和诗人臧克家笔下的"老马"，不也是可悲的吗？但是不同。那可悲里含有一种不公，这一层含义在别的畜生中是没有的。在南方，我也见到过矮小的马，样子有些滑稽，但那不是它的过错。既然橘树有自己的土壤，马当然有它的故乡了，自古好马生塞北，在伊犁，在巩乃斯大草原，马作为茫茫天地之间的一种尤物，便呈现了它的全部魅力。

那是一九七〇年，我在一个农场接受"再教育"，第一次触摸到了冷酷、丑恶、冰凉的生活实体，不正常的政治气候像潮闷险恶的黑云一样压在头顶上，使人压抑到不能忍受的地步。高强度的体力劳动并不能打击我对生活的热爱，精神上的压抑却有可能摧毁我的信念。

终于，有一天夜晚，我和一个外号叫"蓝毛"的长着古希腊人脸型的上士一起爬起来，偷偷摸进马棚，解下两匹喉咙里滚动着咴咴低鸣的骏马，在冬夜旷野的雪地上奔驰开了。

天低云暗，雪地一片模糊，但是马不会跑进巩乃斯河里去。雪原右侧是巩乃斯河，形成了沿河的一道陡直的不规则的土壁；光背的马儿驮着我们在土壁顶上的雪原轻快地小跑，喷着鼻息，四蹄发出"嗒嗒"的有节奏的声音，最后大颠着狂奔起来。随着马的奔驰、起伏、跳跃和喘息，我们的心情变得开朗、舒展，压抑消失，豪兴顿起，在空旷的雪野上打着呼哨乱喊，在颠簸的马背上感受自由的亲切和驾驭自己命运的能力，是何等痛快舒畅啊！我们高兴得大笑，笑得从马背上栽下来，躺在深雪里还是止不住地狂笑，直到笑得眼睛里流出了泪水……

那两匹可爱的光背马，这时已在近处缓缓停住，低垂着脖颈，一副歉疚的想说"对不起"的神态，它们温柔的眼睛里仿佛充满了怜悯和抱怨，还有一点诧异，弄不懂我们这两个究竟是怎么了。我拍拍马的脖颈，抚摸一会儿它的鼻梁和嘴唇，它会意了，抖抖鬃毛像抖掉疑虑，跟着我们慢慢走回去。一路上，我们谈着马，闻着身后热烘烘的马汗味和四围里新鲜刺鼻的气息，觉得好像不是走在冬夜的雪原上。

马能给人以勇气，给人以幻想，这也不是笨拙的动物所能有的。在巩乃斯后来的那些日子里，观察马渐渐成了我的一种艺术享受。

我喜欢看一群马，那是一个马的家族在夏牧场上游移，散乱而有秩序，首领就是那里面一眼就望得出的种公马，它是马群的灵魂。作为这群马的首领当之无愧，因为它的确是无与伦比的强壮和美丽，匀称高大，毛色闪闪发光，最明显的特征是颈上披散着垂地的长鬃，有的浓黑，流泻着力与威严；有的金红，燃烧着火焰般的光彩。它管理着保护着这群牝马和顽皮的长腿短身子马驹儿，眼光里保持着父爱般的尊严。

马的这种社会结构中，首领的地位是在竞争中确立的，任何一匹马都可以争雄，通过追逐、撕咬、拼斗，使最强的马成为公认的首领。为了保证这群马的品种不至于退化，就不能搞"指定"，也不能看谁和种公马的关系好，也不能凭血缘关系接班。

生存竞争的规律使一切生物把生存下去作为第一意识，而人有时候忘记，造成许多误会。

唉，天似穹庐，笼盖四野，在巩乃斯草原度过的那些日子里，我与世界隔绝，生活单调；人与人互相警惕，唯恐失一言而遭灭顶之祸，心灵寂寞。只有一个乐趣，看马。好在巩乃斯草原马多，不像书可以被焚，画可以被禁，知识可以被践踏，马总不至于被驱逐出境吧？这样，我就从马的世界里找到了奔驰的诗韵，辽阔草原的油画，夕阳落照中兀立于荒原的群雕，大规模转场时铺散在山坡上的好文章，熊熊篝火边的通宵马经，毡房里悠长喑哑的长歌在烈马苍凉的嘶鸣中展开，醉酒的青年哈萨克在群犬的追逐中纵马狂奔，东倒西歪地俯身鞭打猛犬，使我蓦然感受到生活不朽的壮美和那时潜藏在我们心里的共同忧郁……

哦，巩乃斯的马，给了我一个多么完整的世界！凡是那时被取消的，你都重新又给予了我！弄得我直到今天听到马蹄踏过大地的有力声响时，就在屋子里坐卧不宁，总想出去看看，是一匹什么样儿的马走过去了。而且我还听不得马嘶，一听到那铜号般高亢、鹰啼般苍凉的声音，我就热血陡涌，热泪盈眶，大有战士出征走上古战场，"风萧萧兮易水寒"的悲壮之慨。

有一次，我碰上巩乃斯草原夏日迅疾猛烈的暴雨。那雨来势之快，可以使悠然在晴空盘旋的孤鹰来不及躲避而被击落，雨脚之猛，竟能把牧草覆盖的原野一瞬间打得烟尘滚滚。就在那场短暂暴雨的吆打下，我见到了最壮阔的马群奔跑的场面。仿佛分散在所有山谷里的马都被赶到这儿来了，好家伙，被暴雨的长鞭抽打着，被低沉的怒雷恐吓着，被刺进大地倏忽消逝的闪电激奋着，马，这不肯安分的牲灵从无数谷口、山坡涌出来，山洪奔泻似的在这原野上汇聚了，小群汇成大群，大群在运动中扩展，成为一片喧叫、纷乱、快速移动的集团冲锋场面！争先恐后，前呼后应，披头散发，淋漓尽致！有的疯狂地向前奔驰，像一队尖兵，要去踏住那闪电；有的来回奔跑，忙乱得像临危不惧、收拾残局的大将；小马跟着母马认真而紧张地跑，不再顽皮、撒欢，一下子变得老练了许多；牧人在不可收拾的潮水中被裹挟，他大喊大叫，却毫无声响，他的喊声像一块小石片扔进奔腾喧嚣的大河。

雄浑的马蹄声在大地奏出的鼓点，悲怆苍劲的嘶鸣、叫喊在拥挤的空间碰撞、飞溅，划出一条条不规则的曲线，扭住、缠住漫天雨网，和雷声、雨声交织成惊心动魄的大舞台。而这一切，得在飞速移动中展现，几分钟后，马群消失，暴雨停歇，你再看不见了。

我久久地站在那里，发愣、发痴、发呆。我见到了，见过了，这世间罕见的奇景，这无可替代的伟大的马群，这古战场的再现，这交响乐伴奏下的复活的雕塑群和油画长卷！我把这几分钟间见到的记在脑子里，相信，它所给予我的将使我终身受用不尽……

马就是这样，它奔放有力却不让人畏惧，毫无凶暴之相；它优美柔顺却不任人随意欺凌，并不懦弱，我说它是进取精神的象征，是崇高感情的化身，是力与美的巧妙结合恐怕也并不过分。屠格涅夫有一次在他的庄园里说托尔斯泰"大概您在什么时候当过马"，因为托尔斯泰不仅爱马、写马，并且坚信"这匹马能思考并且是有感情的"。它们和历史上的那些伟大的人物、民族的英雄一起被铸成铜像屹立在最醒目的地方。

过去我只认为，只有《静静的顿河》才是马的史诗；离开巩乃斯之后，我不这么看了。瞧瞧我们巩乃斯的良种马吧，这些古人称为骐骥、称为汗血马的英气勃勃的后裔们，日出而撒欢，日入而哀鸣。它们好像永远是这样散漫而又有所期待，这样原始而又有感知，这样不假雕饰而又优美，这样我行我素而又不会被世界所淘汰。成吉思汗的铁骑作为一个兵种已经消失，六根棍马车作为一种代步工具已被淘汰，但是马不会被什么新玩意儿取代，它有它的价值。

牛从挽用变为食用，仍然是实用物；毛驴和骆驼将会成为动物园里的展览品，因为它们只会越来越稀少；而马，车辆只是在实用意义上取代了它、解放了它，它从实用物进化为一种艺术品的时候恰恰开始了。

值得自豪的是我们中国有好马。从秦始皇的兵马俑、铜车马到唐太宗的六骏，从马踏飞燕的奇妙构想到大宛汗血马的美妙传说，从关云长的赤兔马到朱德总司令的长征坐骑……纵览马的历史，还会发现它和我们民族的历史紧密相连着。这也难怪，骏马与武士与英雄本有着难以割舍的亲缘关系呢，彼此作用的相互发挥、彼此气质的相互补益，曾创造出多少叱咤风云的壮美形象？纵使有一天马终于脱离了征战这一辉煌事业，人们也随时会从军人的身上发现马的神韵和遗风的。我们有多少关于马的故事呵，我们是十分爱马的民族呢。至今，如同我们的一切美好传统都像黄河之水似的遗传下来那样，我们的历代名马的筋骨、血脉、气韵、精神也都遗传下来了。那种"龙马精神"，就在巩乃斯的良种马身上——

　　此马非凡马，
　　房星是本星；
　　向前敲瘦骨，
　　犹自带铜声。

　　我想，即便我一直固执地对不爱马的人怀一点偏见，恐怕也是可以得到谅解了吧。

1984 年 5 月 20 日

猛　禽

那座岩壁，像是哈尔巴企克这怪物脸上的一颗长得歪歪斜斜的大门牙，龇着，突出去好远。要是这座酷似巨人头颅的山峰有眼睛，准会每次垂下眼睫，都看见自己这颗凶险的牙凌空翘起，毫无遮掩地遭受风吹雨淋和戈壁烈日肆无忌惮的灼烤。

暴暖骤寒使这颗大板牙都快糟朽了，布满崩裂的石缝和岁月的皱纹，使它乍一看不像一块石壁，而像是古城堡废墟上悬空扯起的木头吊桥。

他正一动不动地站在这块悬空巨石的顶端，凝着神，敛着翅。

只有在这样高的地方，终年不绝的天风才发出海浪那样的声响，"呜——，呜——"地叫，像万物都能听懂的一种古老的语言。在这种声响的撞击下，山峰在微微摇晃。

他沉浸在这声响里并深深地理解它，就像鱼理解水、人理解土地。他可以在这一浪又一浪扑打过来的天风中岩石一样站立很久，一点儿也不觉得孤独。风就是禽类阅读的一部书。在这古老的声音里，听得见遥远年代里鹰群翻飞、啸叫着掠过天空，凌驾在风的激流和漩涡之上，那支骄傲的繁荣的家族所组成的黑色空中铁骑袭掠平原和荒野时留下的声响。

那时候，天空不像现在这样荒芜。

鹰的家族如此衰落，这究竟是为什么呢？他不知道。他只是清楚地看到，许许多多巨大的、勇猛的、美丽的和古怪的动物迅速地减少或消失，使天空和大地变得荒凉和平淡，再也没有激动人心的搏斗。

老鼠和麻雀的世界，就是这样。渺小、平庸、猥琐、自私最终战胜强大、美丽和献身精神。这使他感到凄凉、悲哀。

哦，是大地的生殖能力衰退了吗？过去，这些怪物一样重叠起伏的山峦，总能像神话似的生育出各种爬的、飞的、跳跃的、奔跑的、奇形怪状的生命，有的庞大如山丘，有的微小如沙粒，可是现在呢？

他俯瞰了一下躺在山峰脚下的大地：正值深秋的旷野还透着隐隐的淡绿，草色已经快枯黄了，但绿的底色还没有被盖住。深秋的原野有种眩晕的味道，似乎被流贯自身的色彩变幻的漩流弄得有股子醉意。

杂色的树、斑驳的灌丛和灰白色的弯曲闪亮的河流，都正好合拍于大地缓缓起伏的势态，像音符合拍于旋律那样；而世界，恰好如一幅刚刚绘制完的地图。

"我就是从这怪物一样的山上长出来的一块褐灰色的生命，一块长翅膀的石头。"他想。他凝着神，敛着翅，一动不动，和整个岩石颜色一模一样，无法分辨。

他是一只年轻的鹰，一只猛禽。

哈尔巴企克山这块突出门牙状的大岩石，是他经常栖身的地方，这儿十分便于他守望天下，像个凌空筑起的瞭望台。他的窝离这儿不远。

他喜欢站在这无遮无碍的高处，让太阳烘暖他的血液，让风像水流那样擦身而过，轻轻掀动身上飞卷的鳞状雨云剪裁而成的翎羽。有时偶尔伸展开比身体大得多的一双翅膀，像魔术师突然掀起黑斗篷，很从容地扑扇几下，身体随之很笨拙地跳跃几下。他挪动双爪走路的样子挺难看，蹒跚着，一拐一拐地，被张开的两只大翅膀掀得站不稳，像个衰弱的老绅士。

翅膀太大，像个别别扭扭的负担。可是等他站稳了，把翅膀一收拢，就像一把大黑剪刀合起来，突然变小了，变精干了，像一个突然间把炫耀的利器藏起来的大侠。

翅膀才是他的手臂，爪其实不过是他的脚。当他在天空盘旋一阵，返回这块岩石准备着陆的时候，沿山体向上的气流托着他，他因之而大张开双翅，双爪努力向前伸，羽毛被风吹得凌乱，这时他的躯干、筋肉、骨骼便非常清晰地显露出来。这一瞬间他完全不像一只鹰了，而像一个正大张开双臂、用脚试探着去够岩石的凌空御风的人！

世间万物之中，有什么东西能够完全不像人呢？一切都是在人眼睛里面呈现、被人的意识所解释的。谁也不知道事物在别的生命眼睛里呈现出什么状态、什么颜色、什么音响或什么什么。

就是这样。但，只能是这样吗？

这只猛禽想到这儿，像所有禽类那样神经质地迅速缩了缩脖子，脑袋像发呆的鸡一样抖动了几下，一偏，听见什么似的，发起愣来。

他知道他的祖先以前也是落在这块岩石上，但他总觉得他们才是真正的猛禽。那时，他们的身躯比现在大得多，翅膀可以遮住好大一片太阳的光，落在这里，也和整个岩石差不多大。可现在，……他低头瞅了瞅自己小小的身体，天哪！成什么样子，简直比一只公鸡大不了多少！

英勇的猛禽正凌空而下，

它能一膀子拍断公骆驼的腰。

　　这是一支流传在旷野长风里的古歌，每当风起时，他便听见，风声就变成了祖先尖厉的啸叫，一下就点燃他胸脯前狂流奔窜的猛禽热血，一直涌向咽喉，使他兴奋、激动不安，渴望在拼搏中死去。他觉得，只有这样他才对得起他的祖先，对得起他鹰的家族和脚下的这座哈尔巴企克山峰。

　　他每天都在这块岩壁上站很长时间，他也说不上为了什么，反正他身体里有一股力量，一股模糊的欲望促使他等待什么似的站在这儿，漫无边际地想，漫无边际地望。他好像觉得自己也化成了岩石的一部分，成了面前这生命大舞台的局外人和旁观者。

　　和这一切拉开了距离，他的眼睛反而看得更清晰了。

　　在很远的那道山谷里，有含着肉香的淡烟飘起，还有几个小人影蠕动。他认得那座圆形的人的窝巢。在他还不能飞的时候，在他还十分软弱的年纪，那里面有一个长黄胡子的人攀上岩壁，把发红的粗大的肉爪子伸进窝里来。他惊叫着撑起软弱的身体，狠命地用嘴咬它，那只红红的肉爪子，又顽强、又灵活，但终于屈服了。它伸向了窝里的另一个，把他的伙伴带走了。

　　以后他曾飞到那黄胡子的圆窝上盘旋过几次，看见他的伙伴被铁链子拴住脚，立在一根木桩旁，神情沮丧，目光冷漠，抬头看见他的时候好像根本不认识他，懒洋洋的。

　　他不懂，那些刚刚学会站立而不再像其他野兽那样匍匐在大地上的人，用什么方法使伟大的居高临下的飞行物俯首帖耳，变得像鸡一样顺从，像鸽子一样飞去还飞回。但他知道，这些蠕动的不会飞行的动物，制服了禽类，使高傲的凌驾在他们头顶之上的精灵，成为他们的奴仆。人很厉害！他们有不少难以理解的本领，但他有一次还是俯冲下去，从那座圆窝顶上掠走了一块晾在上面的羊肉。他看见那些人大喊大叫，拿他却没一点办法，心里很得意。这是他对黄胡子实行的唯一一次报复。

想到这儿，他挺高兴，就张开翅膀扇了几下。他不会像人那样笑。

无数的山凹、峡谷连接着、串通着，在重重的险峰峻岭中形成了人走的道路。一般说来，野兽不从谷底走，而是在山上走，它们不到人走路的地方去，那里有一种危险的气味。

但也有时候例外。这时，穿过一片被山的阴影覆盖的松树林，就正有一只狼匆匆地走过来。

看得出，是只老狼。

它灰黄杂乱的皮毛和秋天茅草的颜色一样，上面沾着一些草秆儿和一些羊粪蛋一样灰乎乎的刺球儿，正低着头匆忙地走着，目光在光亮中显得暗淡，仿佛掩盖在灰烬中的两粒火星子。

它有一条前腿有些颠跛，像被狼夹子打过。但它宁可把被打住的腿咬断，也不在那儿束手就擒，狼都是亡命之徒。它们和狗不一样，狗要是警察，狼就是逃犯；狗要是在城里开卧车的司机，狼就是在戈壁滩开着大卡车跑长途的司机。再凶猛的狗也怕狼，骨子里怕。因为再棒的狗，也在被人喂养、叱骂、摆弄的过程中丧失了自尊心。人只是利用狗，哪会真正爱狗呢？他们爱的只是自己。而狼不一样，狼是在屈辱中独自求生的，它和狗的最大区别在尾巴上，一个是垂直的，一个是弯曲的。而尾巴，其实正是野兽们生命的旗帜，从这上面，足以分辨它们的个性。

把一对同宗同种的孪生兄弟，造就成了完全势不两立的冤家对头，这只能说是人的残忍。他一边这样想着，一边下意识地拢紧翅膀，目不转睛地盯住那只老狼。

它已经在一条被春天的雪水冲刷出来的干涸了的河底上小心翼翼地走，那上面布满了白色的卵石和碎石片，使它走起来一瘸一拐的，样子挺可怜。

也就是这时，他发现远处草坡上出现了一只半大的小白狗，蹦蹦跳跳、愣头愣脑地游荡着，打打滚儿，咬自己的尾巴转圈儿玩，很天真的一副傻样子。这只小白狗还没有发现狼，老狼先发现了它。

他以为老狼会绕道逃走的，不料它反而迎上去，尾巴竟然翘起来了，耳朵也像狗那样耷拉下去一半，它向那只小白狗慢慢走去，在不远的地方站住。

小白狗满脸疑惑地望着它，嗅到一股陌生的凶气和野味。但是老狼懂得狗的礼性和语汇，显出一副倒霉的、被主人遗弃了很久的老狗的样子，使小白狗相信了，而且同情它，朝它这边走来。

它们相互嗅着，用身体轻轻在对方身上蹭着，小白狗用尖细的嗓音喔喔地叫着表示信任和依恋。当老狼嗅至这只小白狗的颈下时，突然小白狗猛烈地抖动起来，不一会儿，那跳跃、挣扎的白色身体就跌倒了，被老狼拖进一片树林中去。

他第一次看见大地上发生这样的事。这只年轻的鹰，这只猛禽，在哈尔巴企克山那块门牙状的岩壁上，目睹了这只老狼卑鄙的骗局。

"狼不是亡命徒，而是恶棍！"

他对这只老狼的可怜心消失了，愤怒的血液流贯全身，直通到他那像生铁铸成的一双利爪上，抓得岩石也在嘎嘎地作响。

这下，他总算知道自己为什么老爱站在这儿了，他期待的那个时刻，到了。

像祖先尖厉的啸叫声那样凄厉、苍劲的天风，突然掠过高空，使整个山峰摇晃起来……

他离开了那巨石，像个溺水的人那样，翅膀徒然地划动，身体却一下沉落下去好几丈。这么沿着陡壁滑了一会儿，翅膀才捉住向上的风，就势顺着深谷俯掠过去，他看准了一条气流铺设的跑道，长长地滑翔，迅速有力地抖动几下双翅，这才算跨到风的背上了。

盘旋，上升，再盘旋，再升高。

他开始寻找那只老狼。"老狼不可捕！"蓦然间，他想起这句父辈传给他的戒条，这句早已淡忘而实际上已经深深种在他心里的话，忽然清晰地跳出来，阻止他冒险。

悠然飘浮，他在高空来回踱步。

狼终于出现了。它从树丛里钻出来，朝周围望了望，站住，一边竖起两耳听听，一边用舌头舔着吻边和鼻子尖上的血迹。它知道没什么异常，安心了，咧开嘴打了一个可怕的呵欠，便跃过河底，朝一片开阔地小跑过去。它步态蹒跚，吃饱了的身体更显得笨拙可笑。

这只恶狼正完全暴露在旷野上，而他恰恰盘旋到最适合的角度。戒条重新消失。他果敢地压低翅膀，猛一侧身子，毫不犹疑地从高空直射下去！瓷蓝的天空划出一道长长的裂缝。

山脊从他腹下急速掠过去，每块石头的纹脉都看得清清楚楚。

树梢从他眼底一闪即去，大地骤然向他迎面伸开巨大的手掌。

他两眼死死盯住老狼灰黑的脊背，这一扑不能有闪失！只要扑不中，他知道第二下将是谁扑谁。着了地的鹰是搁浅的船，再起飞很困难。但是他决不扑闪，他要低低紧跟住狼，在最有把握的刹那发起攻击。

他那时首先会伸出左边的利爪，一下攫住狼屁股，让利爪的刃尖深扎进它的骨缝。这种剧痛是岩石也无法忍受的，狼一定会本能地反过身来扭头撕咬，一定是这样。那正好，他的右边的利爪就可以不失时机地抽过去，插过狼的两耳之间，掠过它的额顶，闪电般地、准确地直抠住它那对眼睛！

然后，双翅一用力，把瞎了眼的狼提起来，让它四蹄离地，它的力量就全没了；两只前后抠紧的利爪猛力向中间一撅，那狼腰就断了。猛禽几千年来就是这样从大地的怀抱里夺取肉食的，他曾经这样多次捕杀过狐狸。

对付老狼，这却是头一次。

他双翅驾着一股带腥味的雄风，自空而降……

那老狼，仍旧只是不慌不忙、蹒跚地小跑着，头也不曾抬起向天上望一望，好像压根儿不知道危险降临，但它的两眼却死死盯住地面。

地面上有一个鹰的投影。

它盯住他的影子，紧紧咬住锋利的牙齿，像是咬住了那只从空中盯住它背脊的家伙，它恨他，一切在它吃饱了肚子之后向它挑衅的混蛋，它都恨！恨到牙齿缝儿里、牙齿根儿里！不用抬头，它就知道来的一定是那号自以为正义的乳毛未干的臭鸟，它简直想扭过头来朝他破口大骂一阵，骂个痛快："滚你妈的蛋吧，地上的事你少管！"可它没那么蠢，那是些不懂事的小狼干的傻事，它知道克制。而克制常常要比一般的勇猛更见效，知道并能做到这一点，就是最了不起的资本。

所以，当那只年轻的猛禽开始攻击它，用那只利爪抓住它的后臀，直扎透骨缝、掐断神经的时候，它没叫。

它把一声彻骨的狂嚎关在喉咙里，只挤出一丝呻吟。清醒的计谋扼制住本能。

它反而更低地向前伸着头，开始狂奔。

鹰的翅膀在它身后猛烈地拍响，掀起尘土、沙石，拖住它，像两叶逆风的大帆，摇摇晃晃，忽左忽右，好几次它都几乎要被掀翻了。

它后腿软绵绵的，使不上力，剧痛这时已经麻木了。它是一头拖着死神的老狼，要么被他撕碎，要么撕碎他！

它拼命朝一片枝干密密匝匝的灌木林奔过去……"救命的树呵！"它在心里喊着。

像个不幸坠马而又有一只脚套在镫里的骑手，他如今被一只残缺不全的只有三条半腿的老狼倒拖着狂奔。他几乎还没明白过来，态势就突然逆转成这个样子，一只爪已经深陷在狼身上，被锁在骨缝里，取不出来了，另一只爪只能无望地在狼背上挥舞，却无法够到它的要害——眼睛。狼只要不回转身来，他就毫无办法。这时，他才隐隐感到这只老狼的厉害，它不露声色的克制，从中间破坏了他的连续性打击，并使他的第一次打击转化成无法摆脱的牵制。

狼发疯般不顾一切地冲进灌木林。

枪林剑丛，劈面刺来！

枝杈戳他，枝条抽打他、纠缠他，蛛网一样的蒿草捆缚他的翅膀，而老狼，拼命地拖着他朝灌丛深处钻！他将这样被活活拖垮。

他那只无望的右爪本能地抓住一棵矮树的枝干，一下就抓住不放了。他是一只年轻的鹰，树是他信任的东西，抓紧树干是他的禽类本能，他想借以重新腾空起来。

然而他抓住了不幸，犯了致命的错误。

两只铁钩似的利爪都无法脱开了，他感到两腿之间的筋肉猛然被撕裂，血液发出金属被击时的那种鸣叫声，他觉得自己被分成了两个……

昏迷中，他还听见自己的翅膀在不停地扑打着，发出很大的声响，像是一面钉在树上的旗帜，"哗啦——哗啦"地在风里颤抖着、痉挛着。

哈尔巴企克山钢蓝色的积雪的山峰和那块大岩石在他眼里最后闪

现了，定格在他的渐渐凝固的瞳孔里。

"只有高飞过，才知道匍匐之不幸！"

一声长叹，他真是遗憾死了。

那只老狼从灌丛里窜出来，惊魂未定地喘息着，伸出舌头。它扭头望着那片灌木林，声响渐渐消失了，慌乱中毫无目的地转了一阵，它累极了，便卧在地上。然后，它又坐起来，可是它突然像被咬了一下似的跳起来，那只猛禽的铁爪还留在它身上！

剧疼又开始了！它觉得像有一只坚硬的东西在凿它的骨头，磨碰它的神经，使它无法休息、无法安宁。它试着扭过身去咬，但一拽更疼。"这可恶的老鹰爪子是倒钩！"它这下恐惧了，它长嚎起来，打滚、不停地扭着屁股。而且它老觉得身后跟着一个什么异物，下意识地受惊，不由自主地奔逃。

它知道，这个无法摆脱的东西会一直这么折磨它，直到它精疲力尽地死掉……

嗷——它向旷野发出绝望而又凄凉的长嚎，一声又一声。

这时，飒飒的秋风从长空直射下来，似乎带着云层里的一股子杀气，从长满灌木和茅草的大地上俯掠过去，直透旷野深处。

天凉了。

1985 年 6 月 21 日写毕

我的辉煌时刻

　　我表面上看起来很平静，其实内心却怀着极大的恐惧。傍晚，时间到了。对着穿衣镜，我穿好了军服，扣好风纪扣，便独自一人向会场走去。

　　平静的黄昏，塞外边城的美妙时光。然而我心怀忐忑、紧张不安，像是接受最后的审判那样，去参加这场我的诗作朗诵会。也许是毛病，我不怕发表，却极怕朗诵。我总觉得声音是靠不住的、一掠即逝的空洞之物，而且我一听朗诵就起鸡皮疙瘩。我为那些造作的装腔作势的朗诵者害羞，老是为他们可能出现的尴尬场面而担惊受怕。可是现在，轮到我了。难道俱乐部主任黄笑影女士忙乎了一个多月的全部结果就是让我和诗一起出乖露丑吗？我差一点儿就要说出：饶了我吧。

　　但是这时我看见一支连队正从街道上整肃地开过来，可能是军校生。全副军装崭新，一律白手套，年轻，步武训练有素，只有唰唰的脚步声，没有喧哗。这一支像仪仗队似的年轻军官，正朝着让我担惊受怕的朗诵会会场走去，路人纷纷侧身注目。

我的心，一下就踏实了，稳住了。

我知道，他们是来支持我的。我的援军，我的强大而又年轻的后盾和知音，你们对我的理解和尊重远远超过了我对你们，你们竟然像过节一样去参加一个诗歌朗诵会，这……叫我该说什么好呢？我一点儿也不孤独，我的诗一点儿也不孤独，我突然觉得自己，蠢蠢欲动。

后来，朗诵会就拉开了序幕，露出了我的辉煌的时刻。是的，辉煌。我根本不曾想到过的共鸣与热烈，上千人的大厅里坐满了我的陌生朋友，我的共同度过当兵岁月的战友，我的校友，我的亲人。

我看见我的那只鹰，从朗诵者的嘴唇间飞出，它舒展着翅膀，带着细微的风声，在大厅的穹顶之下盘旋。然后它俯冲、啸叫，它的翅膀的拍击声一次次地变成人们的掌声。

我还看见我曾经走过的积雪的山脊，我的厚重的军大衣正在凛冽的天风中高高扬起一角；我听见了一个遥远的对话，终于，成了生命对衰老的回答。

再后来，我梦见我从座位上站起身来，通过一座独木桥跨过深渊，站立在一朵神奇的巨大花苞前。我面含微笑，脚却在发抖；我从容镇定，手指却在乱弹琴。我向大家敬了一个笨拙而又老练的军礼，然后，用让我听来非常陌生的声音，开始说话。

我说："谢谢你们，给了我一生中最辉煌的时刻！"还有什么比你自己生活的这块土地对你的需要、理解、自豪更辉煌的事呢？你就在他们中间，你就是他们。你万没料到你的那些从来激不起回声的石子会引起这样的鸣响，于是你的羞愧消失了，你心甘情愿地要用自己唐老鸭般的嗓音为人们朗诵一首诗，一首献给母亲的诗。

然而母亲没来，她腿不好使。

母亲老了，七十岁了，当她知道我有一次写了她时，便警告：以后不许再写我。父亲倒是来了，他只能用眼睛看朗诵，因为这个老八路耳朵聋得很厉害，听不清。

母亲、父亲、生活、大地……只有你们，才能给我的生命以辉煌时刻。我为你们自豪，也愿你们因我而骄傲。

我爱你们！

二十四片犁铧

　　拖拉机牵引着的二十四片犁铧宛如一组编钟，远远行进的时候看上去却像一只多脚的黑蜈蚣。它来到了处女地上，它的任务是把游牧者世世代代牧放畜群的草原犁为田亩，耕耘播种上铺到天边的麦子。

　　拖拉机以坦克那样沉重、不容商量的样子行进着，它的履带的钢齿碾过覆盖了绿草鲜花的草原，像一个性欲强烈的蛮横的男人在少女的胴体上留下的牙印。它是粗暴的、阴郁的，它在具有某种性欲表象之下执行着一种冷漠的钢铁般的命令。它对草原的强暴里不含有一丝一毫的性成分，没有一点一滴的热情和冲动，更不含有玩弄和欣赏，它是严肃地、一丝不苟地强奸了草原，破坏了巩乃斯草原与牧人之间保持了很久的青梅竹马之情之后仍然保留着的贞操。

　　这是一次可怕的耕耘和播种，它所含有的性质里隐藏着不易被人意识到的破坏的恐怖。它比烧杀抢掠更阴险蛮横，然而它完全不像烧杀抢掠那么容易判断，它的罪恶感是极其隐秘的。这是一次在耕耘和劳动这种旗帜下的庄严的破坏。

二十四片犁铧降下去了。

二十四片犁铧深深地插入了草原，切割的声响像某种疼痛的撕裂声，尖锐、短促，被压抑着；团团纠缠于土壤之下的草的根系，纠缠散乱蔓延的湿润长发似的，被切断；犁铧切断每一根草的根须时，都发出一声细微的、脆裂的声响，就像斩断一根神经时那样。

拖拉机猛地顿住了。它遇到了一种从前未曾遇到过的阻力，二十四片犁铧在插进土地之后被紧紧夹住，所有的根系组成土壤里的网状防御体系，抗拒着犁铧的推进。

拖拉机喘息了一阵，重新调整了一下力量，发出猛兽的咆哮声，向前拱动。它不相信有什么能够阻挡住它。

二十四片犁铧前进了。从每一片犁铧倾斜的一侧，升起一股喷泉般翻动的波浪，褐黑色的土壤的波浪。波浪均匀地从二十四片犁铧的角隙间升起，组成一片整齐的舞蹈，起伏跳跃，训练有素，如同正在表演的少女团体操。

看起来是非常优美、非常欢快的呀！

拖拉机顷刻沉在草原里，变成了大海中的一只旧驳船。它深陷着，缓缓移动着，有时候甚至给人以可能沉没的感觉。在它身后，二十四片犁铧拖拽着一个波浪跳跃的方阵……

草原被切割的声音渐次变为有规律的呻吟，而且渐渐将这呻吟转化为一种低声部的合唱。处女地最初的痛苦、疼痛、尖叫和呻吟消失了，在这低声部里，似乎渐渐有了一点舒畅或欢快。

二十四片犁铧组成的垦殖器带有明确的使土地怀孕的目的，在每一页犁铧切入的部位，都有一个钢管向土壤注入了麦种。麦种是经过挑选的，颗粒饱满、圆润，它们将准确地进入草原的褐色壤层，潜伏下来，在季节的旗语召唤下集体哗变，奇迹般地改变草原的肤色！

二十四片犁铧昼夜兼程，无所顾忌地前进。它们是由一股强大的力量所牵引的，二十四片犁铧是二十四柄开刃的刀斧，锋快而且有力，比任何刽子手都要无情，比历史的车轮还要不管三七二十一，比军队执行命令还要坚决。

对它们来说，一路上剖开大地的肌肤，切断草的根系，有一种快感。对于天然锋利坚硬的东西来说，切断别的东西恰恰正是它的生存价值，是它的用途。正如对于斧斤来说，砍伐是它的使命；对利剑来说，刺杀是它的天性。

二十四片犁铧在草原处女地的肌肤里切断的远远不限于潮湿的土壤和花草的根须，在它们强有力的锋刃前，掀翻了的是整整一厚层牧草掩护下的世界。这是真正淋漓尽致的大颠覆、大屠戮！

草丛中有着不少的大雁、天鹅、叫天子、呱呱鸡之类的各种禽鸟的窝巢，有待孵的鸟蛋和刚刚孵出的雏鸟，这些以后会飞但现在还不能移动的生命，遇到了不可躲避的劫难。二十四片犁铧的锋刃轻易地把它们一劈两半。

还有蛇，它们的身体被腰斩成数段，在翻耕开的波浪中扭动着，痉挛着，每一段都妄图找回另一截，接上。它们在这种欲望的驱使下挣扎、移动，寻找自己生命的另一部分。

还有田鼠的一窝肉红色的后裔，还有蚯蚓的庞大家族，还有更多的甲虫、昆虫的逃难者队伍……它们全都面临灾难，如同人类不期而遇地撞上了战争，眼睁睁地看着那二十四片神秘可怖的犁铧迎面碾轧过来，把它们苦心经营的乐园一劈两半！

二十四片犁铧如同宿命一般降临，毁灭性的打击如此突然。无从躲避，无从防范，只有任其屠戮。这些小生命在毫无准备的情况下被一个庞大的事物非常偶然地毁灭。深刻的悲剧还不在于此，而在于庞大的事物并不是专门为毁灭它们而降临的。它们完全无辜，但是它们遭到了灭顶之灾。

真正的悲剧正是这样的。

被翻耕过的土壤陈列在犁铧的后面，大块大块、大片大片，像是一整块海面上的凝固的波浪。壤块裸露出来，被切断的根须也暴露在光天化日之下，显示着被宰割后的程序。土壤的秘密暴露无遗，它们躺在阳光下，散发着自身的强烈芬芳的新鲜气味儿，无可奈何。

在这些翻耕过的土块上，各种被切割的小生命，有的像战争后的伤兵那样蠕动着，有的则成为尸体半掩在土块里。

二十四片犁铧继续推进，它不管这些。但是不知从什么时候开始，二十四片犁铧的上空聚集了大批的鸟群。鸟群低低地盘旋、鸣叫，紧紧追随围绕着犁铧，仿佛是海鸟追随船尾组成的护送仪仗队。

鸟群越集越多，乌鸦、大雁、鹳、天鹅，还有成群的白鸥和各种鸟雀，鸣叫并盘旋，飞起复落下。在它们的鸣叫声和动作里，有着兴奋焦急的情绪。

它们是来争食那些翻耕出来的小动物的，也是来翻食那些刚播下的麦种的。翻耕过的土地成了一席摆给鸟群们的盛宴。

日日夜夜，它们飞去又飞来，不知疲倦地追随着犁铧，变得越来越大胆，越来越寡廉鲜耻，越来越不像鸟。尤其是那些外形高雅优美的大鸟，它们穿着那样洁白整齐的羽毛，却啄起一条蛇飞向空中，或者凶相毕露地在壤块间追杀一只伤残的小田鼠。这时候，所有的鸟原形毕露，露出了一个生命凶残贪婪的一面。

唉，生命就是生命，再美丽的生命也有丑陋的那一面。所有的生命在本质上是同等的，美具有欺骗性。

二十四片犁铧依然昼夜兼程，在春天的整整一个月的时间里，它不停顿地推进，从草原的这一头一直犁到了天的尽头。它像一艘沉重缓慢的驳船，老也不停地行驶着，只有鸟群日日夜夜追随着它。

辽阔的草原以及草原上的栖息者们承受了这一划时代的灾难，无声无息。除了马达从远处传出的低沉轰响以外，这里的一切都如过去那样宁静、寂寥。

直到有一天，拖拉机犁遍了周围的草原，使一座哈萨克人的白毡房成为仅存于翻耕土地间的一块礁石、一个孤岛。凶猛的牧羊犬激烈地抗议着，围绕在这只长了二十四只脚的陌生怪兽周围跳跃、咆哮，牧犬的叫声激愤而狂怒，同时含有恐惧。

一个哈萨克老妇人从毡房里出来，她一手拄杖，一手牵着小孙子，在离毡房两米处站定。她一言不发，面色冷峻，她看着眼前发生的这一切，自始至终沉默着，没说一句话。

草原上的风掀起她的白发，露出她的额角上一道道苍老的皱纹。她向二十四片犁铧投过一道目光，那目光里凝缩了七十个冬天的寒冷！

那不是愤怒，而是藐视。

那样一个眼神扫过之后，二十四片犁铧突然不再闪闪发光，它们在一瞬间变得铁锈斑驳了，好像一指头就能弹碎。二十四片犁铧可以剖开草原的肌肤，劈斩无数种生命，切断草根、土地和顽石，但是它受不了这位老妇人沉默而又寒冷的目光，它受不了这种无言的、高贵的藐视。

游牧者的异样的沉默间的一瞥，使二十四片犁铧像二十四颗苍老衰弱的牙齿一样可怜。

逃跑的火焰

进入冬季以后，则克台就成了最单调的世界。大地上失去了连绵的、起伏无尽的绿草鲜花，只剩下了茫茫雪野。从脚下一直望到远处的天尽头，除了地势略有起伏之外，再没有一点变化，全是白茫茫的。

这个位于伊犁河谷深处的大草原，茫然自在，得天独厚。它的冬季虽然多雪，天气却并不太冷，只是有一股凛冽的清新之气在太阳的照耀下闪闪发光。它的冬天那样单调、那样沉静，暗中却又显示出某种丰厚来，总之它容易让人产生出一些难以言传的、复杂而又怅惘的伤感。

那天早晨我备好了马，连队派我去场部送一些文件。我给青马最后上紧了肚带，就牵着它从连队各班排的窗口前慢慢走过去。我看见窗玻璃上陆续升降起一些熟悉的脑袋，有的挤眉弄眼，有的故作不屑；我知道他们有点眼红我今天的差事，因为他们正在天天读，而我有机会放风了。

直到走出连队相当一段距离，我才上了马。我把皮帽子放下来，把军大衣盖住膝部，就放马朝雪原上走去。在这种晴朗的天气里策马雪原，有一种特殊的滋味。人在马背上，顿时比平时高出去许多，视野一下变得更开阔了。茫茫大地，我不用走就在移动，甚至是更快速地移动，我变得比平时的我强大了几倍。我像君王一样，至少也像古代的大将一样，一下子融合了两个生命的力量，我觉得自己骑在马上的样子一定很威风。

我有些遗憾的是周围太空旷了，没有一个人可以看到我在马背上的英姿。阳光开始在雪地上躲躲闪闪地勾画起我和马的影子，影子有些变形，看起来我和我的坐骑并不像我想象的那么神气，而是显得有些滑稽可笑。马的耳朵被光影拉长了，有些像驴；而我也无端地使自己想起了唐吉诃德。

我策马驰上一处高地，马在雪地上喘息着，似乎不太乐意。过了一会儿，它自己渐渐地减慢了速度。这时，我忽然听到杂乱的犬吠声隐隐传来，在马鞍上侧转过身，我惊奇地看到远处原野上冬猎的景象。

在白皑皑的深雪里，一群狂怒的牧犬正在追逐三只亡命的狐狸，牧犬的后面，是一伙骑马的猎人。雪太深了，狐狸跃动得非常艰难，它们每次跃起，身后都扬起一阵雪雾，然后落下去，身体又陷进雪里，有时只露出尖尖的红脑袋……它们身后的牧犬虽然也一样在深雪里，但是那些狗高大凶猛得多，在雪里冲撞过来，杀气腾腾势如疾风。

三只狐狸拼命地夺路而逃，还不时地回头顾看。它们在这一望茫茫的雪原上显得太弱小、太危险了，雪原那么白而空旷，狐狸却醒目得如同一簇跳跃的火焰，火红耀目，无遮无碍。十几条猛犬看来是可以追上的，所以骑马围猎的哈萨克人并不开枪射击。

一只最红的狐狸掉头向我这边的高地跑来，我心下一喜，纵马朝那边奔去。我手里提着一根马鞭，我抢它一马鞭，肯定得打昏过去。正这样想着，我的马忽然站住不动了，它耸起两耳，看着前方。

我正感到莫名其妙，那只狐狸从坡下突然跳上来，恰恰落在我的马前。可以看出，那狐狸一刹间惊呆了，它可能万万没有料到这里埋伏着一支人马。惊恐之下，它也许料定自己必死无疑，竟伏在马前惊惶地望着我。

我第一次在野外与一只狐狸这么近距离地对视。我看见狐狸的嘴边喘息出的白气，胡子凝着冰霜；我还看见狐狸一双褐色的圆圆的眼睛，它盯着我看，眼神里有哀告无援、祈求同情的声音。它不会说话，在瞬间对视中我却明白无误地看懂了它心里的意思，就像一个人面对另一个人的时刻一样。

它这样绝望，这个生灵，这团火焰。"让我活下去吧——"我感到它在这样对我恳告。

我提着马鞭的右臂垂落着，而不由自主地用左手拨转了马头，让开一条路。

它很有礼貌地看我让开，然后才低下头，迅速从我的侧边匆匆奔跑过去。

我伫马立在高地上，目送这只红狐继续奔逃。在一片闪烁着阳光的雪野上，它跃动着，蹿跳着，一起一伏，特别清晰。它的那条蓬松漂亮的大尾巴飘动招摇，宛似一股被风曳动的火红烈焰，燃烧、跃动在洁白的雪上。

"快跑吧，快点，再快点！"我望着这只狐狸，突然满心都生出同情来，仿佛它已经不是一只野兽，而是一团美丽的火焰，是雪原上的精灵、太阳城的儿女。

这时，暴怒狂吠的牧犬追过去了，它们拥挤着，表情极其愤怒，情绪处在高度亢奋之中；它们争先恐后，有时不惜将别的同伙撞倒，好像对狐狸怀有不共戴天的仇恨。

它们会撕碎那只可怜的红狐狸的！它们追过去的时候，远处，那团逃跑的火焰还在一蹿一蹿地跳动着。

我呆呆地坐在马鞍上，满心里只装着两个字：快点，快点！

一群猎手从高地一侧奔驰过去，其中有一个扭过头来看着我。他的目光如鹰隼，冷峻的一瞥，使我完全不能理解是什么意思。

许多年以后，我在拉卜楞寺外的小街上买了一张完整的、火红的狐狸皮。我不很清楚自己为什么要花几百元钱买这张狐皮，但是我买了。

这张狐皮和我在则克台冬天遇到的那团逃跑的"红火焰"，颜色非常相近。我不知道那只狐狸最后的命运，但我相信它是死了。

一团火焰不管跑到哪里，都会有人要把它熄灭。这一点我是深信不疑的。它最后的结局，也是变成这样一张完整的皮。

被悬挂起来，成为装饰。

1995 年 6 月 1 日

过　河

这时我才发现，我骑了一匹极其愚蠢的马。一路走了二十多公里，它都极轻快而平稳，眼看着在河对岸的酒厂就要到了，它却在河边突然显示出劣根性：不敢过河。

它是那样怕水。尽管这河水并不深，顶多淹到它的腿根；在冬日的阳光下，河水清澈平缓地流着，波光柔和闪动，而宽度顶多不过十几米，但是它怕得要死。这匹蠢马，这个貌似矫健的懦夫！它的眼睛惊恐地张大，前腿劈直胸颈往后仰，仿佛面前横陈的不是一条可爱的小河，而是一道死亡的界线或无底的深渊！

我怀疑这匹青灰色的马儿对水一定患有某种神经性恐惧症。也许在它来到世间的为期不算很长的岁月里，有过遭受洪水袭击的可怕记忆，因而这愚蠢的畜生总结出了一条不成功的经验。像一个固执于己见的被捕的间谍似的，任凭你踢磕鞭打，它就是不使自己的供词跨过头脑中那个界线。

我想了很多办法——用皮帽子蒙住马的眼睛，先在草地上奔驰，然后暗转方向直奔河水，打算使其不备而奋然驰过。结果它却在河沿上猛地顿住，我反而险些从马头上翻下去。不远处恰有一座独木桥，我便把缰绳放长，自己先过对岸，用力从对岸那边拽，它依然劈腿扬颈，一用力，我又差点儿被它拽下水。

面对如此一匹怪马，我只好长叹：吾计穷矣！但今天又必须过河，我必须去酒厂；倘要绕道，大约需再走二十公里。无奈之下，只得朝离得最近的一座毡房走去，商量先把马留在这里，我步行去办完事再来取。

一掀开毡帐我就暗暗叫苦，里面只有一位哈萨克族老太太，卧在床上，似有重病。她抬起眼皮，目光像风沙天的昏黄落日，没有神采；而那身躯枯瘦衰老，连自己站起来也很困难似的。看样子，她至少有八十岁；垂暮之年，枯坐僵卧，谁知哪一刻便灵魂离开躯壳呢？可是既然进了门，总不好扭头便走，我只好打着手势告明她我的困难和请求，虽然我自己也觉得等于白说。

她听懂了——其实是看懂了，摆摆手，让我把她从床上挽起来，又让我扶她到外边去，到了河边上，她又示意让我把她扶上马鞍。我以为老太太的神经是不是也不对劲儿了？她连路都走不稳，瘦弱得连躺着都叫人看着累，竟然"狂妄"得要替我骑马过河，这不是拿我开玩笑吗？我这样年轻力壮的汉子尚且费尽心机气喘吁吁而不能，她？能让这匹患有"神经性恐水症"的马跨进河水？我无论怎样钦佩哈萨克人的马上功夫，也不能相信她眼前这种可笑的打算。

可是当我刚把她扶上马背，我就全信了。她那瘦小的身躯刚刚落鞍，那马的脊背竟猛然往下一沉，仿佛骑上来一个百十公斤重的壮汉，原来的那种随随便便满不在乎的顽劣劲儿全不见了，它立得威武挺直，目光集中，它完全懂得骑在背上的是什么样的人，就如士兵遇上强有力的统帅那样（这马不愚蠢，倒是灵性大得过分了）。它当然还是不想过河，使劲想扭回头，可是有一双强有力的手控制住了它，它欲转不能，它四蹄朝后挪蹭的劲儿突然被火烧似的转化为前进的力，踏踏地跃进河中，水花劈开，在它胸前分别朝两边溅射，铁蹄踏过河底的卵石发出沉重有力的声响。它勇猛地一用力，最后一步竟跃上河岸，湿漉漉地站定。

我把老太太扶下马，又把她从独木桥上扶回对岸。然后在她的视线里牵马挥手告别（我不敢当她的面上马）。她很弱，在河对岸吃力地站着，久久目送我。

此事发生在 1972 年冬天的巩乃斯草原，而天山，正在老人的身后矗立，闪闪发着光。

阳台小记

住了一座老楼，六十年代的。那时候还兴和苏联好，房子也就造得有点俄式；墙壁极厚，墙上装有高大的壁柜，柜门上还有些简朴的木雕图案；卧室是红地板，经二十余年磨损而犹不减其舒适之感。虽然只有三室，却有六七个门，门皆桐色，木质稳健，至今开合贴切。不似现今造的房门，随季节寒暑而紧松。门多，就成为某种装饰或故弄玄虚，也可以说是虚荣，使人初进以为有许多房间。凡此种种，我谓之有没落贵族气味，仿佛过去曾住过一位倒运的俄国少校。

原来这栋老楼没有阳台，后来补修了一个。小阳台，宽不足两米，长不足四米。把原来的窗户剖开，安上了门，于是原先的窗外——麻雀们偶然落脚的地方，我们竟也可以放胆开门跨出去，或乘凉、或吸烟，或抚栏而随便望望了。老楼只有三层，我住最高一层；因为阳台是眼见着工人们补修的，初登就有些不信任，总觉不安全。后来渐渐习惯。再后来，不仅习惯，几乎每逢无聊时，必不由自主上阳台去站站，渐成嗜好。

开春以后，阳台上逐渐添得一些盆花，花并不名贵，盆也都是些土陶木箱之类，粗陋杂乱得很。不料一入夏，不知从什么时候起，忽然竟乱开起花来，彼此竞争似的，各不相让。首先是小叶海棠，京剧里的那些年轻心巧的丫环似的，一片嫣红。殷勤，活泼，没有小姐那么多的讲究，由着性子怒放，满盆开红了，仿佛花儿要比叶子还要纷繁。花朵确是小些，但是架不住多，此起彼伏，总也不断，就让人打心眼儿感动。还有一个胶木的方盆里，小女儿说是埋进了三粒花籽。问是什么花？她也不知道。整个儿弄成了一盆悬念。每天还浇点水，望望那盆土，总不见动静。

十来天后，拱出三茎小芽来，青嫩得很。再过两天去看，其中一茎蔫萎起来，另两株依旧蓬然。不解，问其故。小女儿终于供认，说她想看看那个芽的根是什么样儿的，太想看，就拔了出来，看过，复又埋好。埋好也不顶用了，只好再拔出来丢掉，然而深诧儿童之好奇心的怪异可爱。后来，剩下的两株慢慢长大，才看出是爬墙虎。于是为它架了树枝，等它攀上去。爬墙虎蹿得很快，只要浇水，一天一个样子。每天观察它，心里便生出对这种平凡绿色植物的极大钦佩来。你不能不相信它有眼睛和思想，因为它总能准确合适地找到树枝；本来它可能错过了的，但是妙极了，它像个有心计的工匠或熟练的牧马人那样，伸出一缕青丝般柔软灵巧的手来，一下就缠住，即使风吹过来它也不放。

真像一只绿色的大蜘蛛！

因为这样的两株爬山虎，你就得叹服植物的惊人灵性；你就不能不用新奇的眼光去看它，认识它；而你越是仔细地观察它的生长，你就越了解它，你会认为它并不比许多人愚蠢，而是聪明可爱得多。

而那些花，虽普通而盛开的五颜六色们，就是美丽和天然。它们虽不化妆却粉黛朱唇，不用洒法国香水而香气袭人，你依然不能不佩服它们。在这方面，女性们对它们的摹仿总也不够成功。

特别是这些花草有一种魅力，就是使你愿意为它们效劳，心甘情愿，仿佛为它效劳是你自身的一种需要。再懒、再自私的人，都很难克制住每天想看望它们的心，都乐意去为它松土、浇水。想想，这真是一种了不起的魅力！能够具有这种魅力的人是极少的，能够理解这种魅力的人，也并不是全部。

后来，我注意了一下，才发现周围人家的花都比我的繁茂或艳丽，暗想：以我这样几盆花，都给了我内心如此多的感受和抚慰，何况人家了。花草真是很了不起哩。

我开始喜欢用水冲洗阳台，把它弄干净，坐在小凳上吸烟，给花浇点水。晚上仰读星空，遥思远人。星空虽然从未读懂过，然好读而不求甚解；夜凉如水，树影摇动，望苍空幽冷，觉人生渺小，一般闲言碎语鸡零狗碎也就容易抛开。远人故友虽思之依然远，却比之白天嘈杂中近得多，目虽不能见，一举一动、一言一笑却历历在心，平添许多人生慰藉。

今年气候有异往年，天山北麓雨水增多。夜晚立在阳台上看下雨，是人生之一大享受。尤其喜爱的是浓云暴雨，下彻夜，雷电交加，痛快淋漓！滂沱雨响之外，嘈杂顿失；蓝光炸雷之下，权威尽扫。这时候，你觉得久闷在胸中的腌臜之气像树叶上的尘土一样，被涤荡出去；你听见了天空慷慨雄浑的醉后狂喊，看到伟大的撞击发出雄牛头颅相碰时的巨响，闪电在这撞击下现出狭长而浑然天成的光芒……天才的光芒！

你想起许多已经离开了土地而高聚于天庭的灵魂，那些灵魂在高空雨夜时争论、大笑，朗诵思想的片断。你便觉得你可怜的声音在雨中找到了替代，整个天空替你发言，与你合而为一，你大声雄辩，压倒尘世的一切喧嚣。你没想到大地上发生的那么多不痛快的事，只需几分钟，就被天空痛快地扫除干净。

"感谢天空。"你想。

"人应该经常抽出一些时间来，望望天空。"你继续想。

而阳台是多么狭小啊，这唯一的却是可怜的不能迈步的通道，你只能站在这儿遥望、默想，却永远不能走向天堂。

那么，你为什么还老要站在这儿呢？

不知道。

"要真正体验生命，

你必须站在生命之上！

为此要学会向高处攀登！

为此要学会——俯视下方！"

看来，有人是知道的。我想，他的阳台一定比我的大。

1988 年 7 月 22 日

红嘴鸦及其结局

那个冬天是极其漫长的，好像是——季节这四个轮班的女护士当中有一个完全忘记了接班，而这一个交不出班去的就是那年冬天。冬天是一个穿白衣服的女护士，她因为交不出班去就不停地埋怨，絮絮叨叨，造成了有始无终的大雪飘洒纷扬。

鹅毛大雪——冬天这位女护士的语言碎片，弥漫充塞在草原天地之间。就这样混淆了时间的界限，搅乱了季节的秩序，使等候春天的人们坐在火炉边变傻。

窗外的木桩上拴着几匹马，它们很是安详，一动不动。这是些在露天站着睡觉的生灵，正显示出一副麻木不仁的冷漠表情，好像漫天纷落的大雪和它们完全无关。

它们像疲惫的奴隶一般忍受着，站立在雪地里睡觉。耳朵上，鬃毛上，鞍背和后臀上，渐渐铺了一层厚茸茸的积雪，甚至马的睫毛上也落了雪。它们连抖也不去抖一下，像几块垂颈肃立的化石。

那年冬天，辽阔的巩乃斯草原变得寥廓了几倍，它显得很厚，很期待，仿佛一位等待远客来临的主妇在整个庭院里铺了豪华洁白的羊毛地毯，但是始终就没有一个脚印踩上去。那个冬天正是这样，那块豪华的厚毯始终没有脚印。

当时寥廓的冬天里，孤零零地有一座泥坯筑起的小屋，当时是这样。小屋里有一个泥砌的火炉，炉火非常温暖。巩乃斯的煤块是油黑晶亮的，着完的煤灰和中华烟的烟灰一样白。在火炉边，等候春天的人沉沉欲睡。

后来雪下得略微稀疏了一些。

泥屋里的人看见一只乌鸦落在近处的树梢上，换了好几根树枝，才站稳。枝上的雪被它弄得抖落下来，撒在它头上，乌鸦缩了缩小脑袋，好像一个耸起黑风衣领子的侦探，守在那地方。

又有一只乌鸦像是它们一伙的，也飞过来了，干脆落在泥屋窗户的土台上，隔着玻璃朝里面看着。这只乌鸦的眼光里丝毫没有流露出对温暖火炉的羡慕，也没有对等待春天的人表现出惊奇和佩服，恰恰相反，有一种明显的轻蔑。它开始在窗台上走来走去，翅膀倒剪在背上像一双倒背交叉的手。它低着头走来走去，像在考虑重要问题的一个大人物，很可能过一会儿就要发表讲演。

等候春天的人走过去，用手指敲了几下窗玻璃，"哒、哒、哒"，乌鸦一惊，飞走了。

这只乌鸦飞上树，和守在树梢上的那只"侦探"说了点什么，交换了一下意见，"侦探"点了点头，那乌鸦又飞回来，重新落在窗台上。"哒、哒、哒"，乌鸦用嘴在玻璃上敲了几下，模仿着刚才敲玻璃的几声。

等候春天的人在土屋子里笑了，仿佛被一个小孩的过分老练的举动逗笑一样。他看那乌鸦的嘴，竟是红的。深红的喙配着漆黑的羽毛，在一片白雪茫茫的背景下，格外有趣，看起来似乎比普通的乌鸦俊气了许多。在草原上，并不是所有的乌鸦都是红嘴，当中只有一小部分的红嘴鸦。它们看起来不像普通的乌鸦那么愚蠢讨厌。

等候春天的人想捉住它。

在那个漫长的冬天里，这是一种游戏。

他在土屋外扫出了一块空地，然后用小木棍儿支起一个脸盆；小木棍上系了一根白绳子，绳头一直扯进土屋里；准备停当，他在脸盆下撒了一些碎馒头，就躲在土屋门后，等了。

一个明显的陷阱，等着冬天饥饿的禽类。

一只。两只。

其中一只大胆走近脸盆，歪着头，研究了一番，先假装往里伸伸头，一缩。另一只踱步观察，只盯住看。过一会儿，两只凑在一起，仿佛商量，研究讨论部署，突然，同时猝然扑进脸盆，抢叼食物。

等候春天的人等好了这一刻，绳儿一拉，脸盆咣当盖地。盆沿砸住翅膀的一只挣脱飞走了，盆里面扣住了一只。

他谨慎地掀开一点盆沿，小心地把手塞进去，摸索着。听见翅膀拍打盆沿的声音，他捉住了那只红嘴鸦。他高兴极了，举起这只俘虏像高举起一个冠军奖杯，一边跳跃，一边狂呼乱叫。

高兴完了一看，那只红嘴鸦在他手中气死了。那鸟脖子一歪，就死了。

等候春天的人回到土屋里，重新坐在火炉边，火依然很旺。他很沮丧，为了这只巩乃斯冬天的高傲的红嘴鸦，他一直想不通的是这样一只乌鸦为什么竟然会气死。"它太骄傲了，这只红嘴巴的乌鸦"，他沮丧地想。

许多比它庞大、比它美丽、比它高贵或比它凶猛的动物，都归顺了人类。而它——一只草原上的乌鸦——仅仅是因为长着红嘴，却不肯归顺，不甘心当俘虏和玩物，竟然气死了自己。太不可思议。

那个冬天是极其漫长的，宛如一个白茫茫的梦、一个梦境中的神话。在那个梦中，有过一只模仿人敲门的乌鸦，乌鸦长了奇怪的深红的嘴，它对那个等待春天的人说了神秘的话。

神秘的话是这样的：

"你们捉住他，给他带上枷锁，然后把他投在烈火里。"

结局正是这样。

第二辑　岁月之墙

从　前

从前这里发生过一些事情。

这些事情是永远不能指望载入史册的啦，别说史册，就是一些刊物上的某年某月"国内外大事记"之类的条目里，也不可能找到这些事情的影子。何况这还都是些从前发生的事情。这些事情没能像另一类事物那样产生短暂而广泛的影响，这似乎有点儿不幸，但它发生过，存在过，而且更显得真实。这些事情始终没有能够传播到巩乃斯草原之外，但它还是牢固地粘连在当时那些人的心里了。

这些从前的事物仿佛是一些依附在记忆管壁间的藻菌生物，可以说，它的营养是时间，它的生命就像是一些伤口——因为它总是以掩藏不住的疼痛提醒人们想起它的存在，而它的成长方式是那种无声地顽强蔓延的，就如同石头上的苔藓一样。在岁月中，它总是迫使人们想起它，但每次想起都觉得并没有多少明确的意义和重大的内容。

这就是生活真实的容貌，它没有化妆，也没有敲锣打鼓，它的样子像生命本身一样——既平平淡淡又充满滑稽有趣的意味。

二十多年后，当从前那些有着相同经历的人相逢在某时某处，他们彼此都能看到这些事物给对方留下的烙印——像犁铧给草原的处女地留下的痕迹是一样的。

从这一点上讲，耕耘和破坏有时并没有什么区别。人就是这样被一些力量反复耕耘成今天这样一群怪物，逐渐变成现在这种鬼样子。在这件事上，谁也没有办法逃避。央求和哀告都没有用，只有像土地那样硬下心来承受。所以人应该学习犁地，因为一个人若是没有犁过地（尤其是处女地），他就不容易完全懂得人的那颗浑厚完美的初心是怎样破碎成沟垄的。

我们就是这样丧失了自己天然的植被，赤裸着伤痕累累的肌肤面对无垠的天空。从前的那个时代反反复复地犁过我们，这能怪谁。

你只要看到一代人的那些破碎的面孔、疲惫无聊的表情、愚蠢而又呵欠连天的嘴脸，你就会明白，从前他们曾经受到过怎样的蹂躏。今天你要是看到他们不停地像马一样放屁，你也许会原谅他们的，他们只剩下了皮囊，空洞的、乏味的皮囊。那里面装满了比豪言壮语更可笑的臭屁。

二十多年的时间足以把一代人打得屁滚尿流。

后来我陆续遇到了许多"从前"的人，他们有的教书，有的做官，有的离婚了，有的没离婚，大致属于这样两种生存状态。结局的简单远远出乎当初所料。只有一少部分因为各种原因死去了，大部分暂时还都活在世上。

他们始终都还保持着过去那种关注现实的习惯，对许多事物跃跃欲试，不知老之将至。似乎过去岁月的犁铧并未触动过他们什么，只是浅浅地在额头和眼角划出一些沟纹而已。

他们一般来说都喜欢喋喋不休地回忆往事，有一种回忆录式的心态，也有一些甜蜜的伤感和忆苦思甜的满足，自哀自怜的兴趣有增无减。但是没有什么人理解自己的经历。

人们记住了从前的一些地名、人名、事件，甚至一些细节也记得非常清楚，但是每逢大家交谈核对往事时，我都发现我们牢记在内心的东西并不一样。岂止不一样，有时我竟怀疑我究竟当初是不是和他们生活在同一个"从前"里？

我承认，我忘掉的东西太多了。

特别是时间的次序和一些与己无关的人际活动，被我弄得浑然一团、彻底糊涂。但我记住了景致、生物、表情和诗意，我记住的是内心的东西。我注意到，大部分人记住的是从前的"现实"，而我记住的是从前的梦幻。这不怪别人，也不怪我。

基于类似的原因，每一代人都会把自己的"从前"叙述得走样，有些是记忆力出了问题，有些是想象力过于发达，还有些是居心回测，故意运用夸张、变形、制造脸谱、扮鬼脸照镜子、过坟地吹口哨、赶鸭子上架、杀鸡吓猴等艺术手法，在时空中划出一条银河界线……一边是十八层地狱，一边是阳光普照、大路宽阔，人间奇迹正是这样制造出来的。

经历过从前的人利用了从前，如此而已。

没有哪一代人可以从他们上一代人的叙述中了解到真实的"从前"，这一点，我从小就产生过怀疑。我的怀疑没有根据，但我本能地感觉到虚假事物过于鲜明果断的样子远离真实，我还感到上辈的整整一代人在某种默契中联合起来向我们隐瞒真相。

他们合起来糊弄我们。

我问：地主真的那么坏吗？有没有好的？

父亲的回答和教科书的完全一样，他说：地主是反动阶级，反动阶级怎么能有好的。

这类问答始终有躲避实质的隐瞒，从政治、生活乃至性，无一不在隐瞒。我当时就明白了，少年时代不可能了解事物的真相。结果是，时间自会磨钝你曾有过的尖锐的怀疑，等你了解一部分真相时，你已经麻木了。

最有意思的还在于，等我们越来越老，越来越拥有"从前"时，我们也像父亲一样，联手保护起一些过去的真相，我们依然喜欢隐瞒。仿佛只有这样，我们才能证明自己千辛万苦，从无到有地为新一代创造了一个新世界。

这很荒唐，但没办法。

其实，我内心一直涌动着一句真话，就是：相信我，我们这一代人什么也没做，我们不怎么样，这一生就这么混过来了——没种过一粒粮食，没养过一头猪，却消耗了大量的物质和好东西……

我说的是真话，但谁能相信呢？

关于"从前"，这是无法说清的。

我相信我之所以成为一个诗人或作家，是起因于少年时期就纠缠在心灵里的这种怀疑。

它始终尖锐地刺痛着我，驱使着我，让我收集记忆管壁上的藻菌，把它们唤醒，成为有生命的文字。

从前是一朵飘浮变幻的、不大可靠的云……是云……不可捉摸的云。

有一个声音说：捉住它！

猫　事

我从来没杀过人，对此我似乎也没有过什么特别的遗憾。这并不就证明我和杀过人的人在善恶上有本质的区别。因为，我自己心里清楚，我虽然没杀过人，但我在想象中经常杀人，而且杀死过连我自己也记不清有多少人了。

我恨那些有意或无意伤害了我的自尊心的人，在那一片刻，我的手仿佛在大衣口袋里摸到了冰凉的勃郎宁手枪的枪柄，慢慢掏出来，对准了那位刚才还嗑着瓜子饶舌的、斜着眼睛爱搭不理的售货员的惊呆了的脸，或者是顶住那个把痰吐在别人鞋上还不懂得道歉的小伙子的臭脑壳上。毫不隐瞒地讲，我恨他们，因为这样一桩微不足道的小事，我也由衷地愿意杀死他们。但是由于理智的约束和忍耐的习惯，由于知道"杀人要抵命"这一千古不移的律条，还有对自己承担后果的勇气和胆量的自知之明，我只好退让于现实的战场，而去在想象的世界里淋漓尽致地杀人。

我承认，这种类似"意淫"的心理是很怯懦、很卑微、很变态的，是阿Q式的，还够不上是唐吉诃德式的。唐吉诃德的滑稽里含有庄严的成分，他以瘦人瘦马而负重甲长矛，以荒唐的念头四处碰壁而百折不挠，毕竟还有他的骑士理想及冒险精神；而阿Q呢，只能让人感到悲哀。

有时候无聊，静默下来观照一下自己瞬间即逝的各种稀奇古怪的想法，倒挺有意思。人们一般都活得过于匆忙，不仅来不及思考，更来不及去客观地看自己的思维和感情变化，就像人们从不注意自己的呼吸，不知道自己体内所发生的微小变化。人们发明了镜子，观照自己的脸孔，但是用什么来观照比脸更重要的思想呢？

"昨天晚上我做了个梦。"有人对我说。

对，梦是思想的镜子。但它是那么凌乱、荒诞，是一些碎片上的影像，是一些不可解的谜。而且只有当清醒的理智完全消失——就像下班或换岗那样，更深的意念才出现。我们真是弄不清自己，弄不清哪个是更真实的。

在梦里，经常有时杀人和被杀，或者被追赶捕捉；梦遗的男子往往不是和自己的妻子或所爱的人；梦中有过光着身子走在街市上猛然发觉而无处藏身；也有女人进了男厕所却丝毫不以为然……生活中的反现象映现出来，使人不能不惊愕诧异，进而深察静观自己的灵魂。

我毫不怀疑我是一个相当善良的人，同时我也承认我是个杀心未泯的人。我并不是一位与众不同的人物，既不是天才也不是恶棍，只是个地地道道的普通人，和大多数人一样。因此我相信，凡我所有的想法，别人必有。唯一的区别在于，我愿意把这些说出来。

我胆怯，但我想杀我恨的人，但我不敢。

我梦中用手枪打死了人，白天却装得比谁都温顺谦和。

我梦中与一个不知姓名、记不清面目的女子行房事，上班时却受命调查处理一起通奸案。

我想象中用木棒猛击其头部并把他抛进一个很深的臭水坑的那家伙，在会议室里正一边喝茶一边念报，他就坐在我对面，仍然是那副傲慢而又愚蠢的样子。他根本不知道我杀过他。

我不知道我究竟是怎么了，忧郁、烦闷、暴躁。天气过于阴沉，这也许是个原因；流行性感冒正在人群中传播，这当然也有份；但都不是理由。我觉得，其实谁也没惹我，但又好像每个人都在压迫我，使我发疯，使我产生疯狂的念头。

我知道这种念头很可怕，也很危险。所幸的是，我毕竟是个理智健全并且学会了忍耐的人。而且更为幸运的是，我终于恨上了一只邻居家的猫。

奶奶说：猫有七条命。我偏想试试！

那猫，一看就不是个好东西，是只浅黄色斑纹的大狸猫，比普通大猫肥大一半。它平常很少露面，出来则溜墙根伏地而行，鬼鬼祟祟，匆匆忙忙，双眼闪着敌意和凶光。我偶尔几次碰上它，总觉得这只猫身上有一种古怪和阴险的味儿，总看它不顺眼，像那些我平时讨厌的人变的。而我尤其不能接受的是，这么一只面目可憎、目光凶恶的猫，却被它那行为乖张的主人宠爱得要命，喂的食比给他亲儿子吃的还好，而且轻易不开门放它出来，唯恐有人害了它似的。这个四合院里夏天总有人家养小鸡，鸡老丢，这养猫的还连点歉意也没有，反而关门闭户地护着它。

想弄死它的心思，渐渐就像露出水面的礁石一样明显了。

"三娃！"三娃是我弟弟，刚十二岁。

他大冬天也敞开着棉衣，因为扣子总掉光。他皮实，他捣蛋，他是孩儿们的头儿，而猫主人的小子钢钢是他的喽啰。

"能不能想法子弄死那只猫？"我问他。不料他也恨它，更不料钢钢也恨它。三娃很有把握地说，钢钢肯定会帮我把那只猫从他家里抱出来，然后和我一块爬到四楼，把它扔下去。

奶奶说：猫有七条命。

从四层楼扔下去了，可那猫没摔死。四爪落地，一声怪叫，噌噌噌地跑回家去了。

越恶的东西越难死。连钢钢也怕它了，他怀疑那只猫会告状，它看他的眼神和看他家的其他人不一样。他一靠近那猫，它就怪叫。

庆父不死，鲁难未已。我家总倒霉，听说就是那只猫的主人捣的鬼，他是那一派的黑后台。他平时装得沉默寡言，连一只恶猫也爱惜，原来背后尽琢磨着怎么害人呢！一件事愈是难办，办成它的心就愈强，杀猫不偿命，还解恨，我几乎从中找到了兴趣和快感。

我渐渐发现，此心非我独有。有一只狗从街巷间过，小孩儿们必追逐并用砖头砸之。狗并没惹谁，但孩子们要追打它。有一群猪在土城墙下晒太阳，一群少年看见了，交头接耳，比画一番，然后从四面包围接近，准备土块，突然袭击，土块在猪头猪背上开花，像手榴弹在人群中爆炸。猪四散逃窜，少年欢乐无比。这里面总有一种什么东西，刺激了人的某种天性。谁也没教过这些恶作剧，但天下的男孩子都会干，干得兴高采烈，群情振奋。不管怎么说，这也是一种童心，而所谓童心，就是未经矫饰过的天性。

我等待着时机，还是决心要暗杀那只猫。

夏天的一个中午，人们都在午睡，院子里极静。唯有那棵立于院中的半大槐树下洒着点点树荫，阳光似一群嗡嗡作响的金蜂那样在空中游动，在墙壁上碰撞。那猫正在树下，懒懒的。

我的窗户开着半扇，窗帘斜遮着。我兴奋得手脚有点慌乱，把一颗铅弹塞进折开的气枪膛里，扳直，悄悄把枪口伸出窗帘。

"哥，让我来。"三娃压低的声音有些发颤。

"你不行，还是得我。"我说着就开始瞄准，听见三娃的呼吸声在耳边变得很响，有那么一闪念产生错觉，好像是在光天化日下枪杀一个人。扣动扳机时，枪的响声不大。

那猫，陡然蹿起半人高，跌下来，还是歪歪地挣扎着钻进了它家的门。看样子是打中了，不知死了没有。几个月后，它才露了面，还活着。那一枪打在腰上，整个身子成了斜的，走起来老在原地绕圈儿，怪可怜的。

奶奶说：造孽呀，孩子们！猫命大着哪，往后可不能再杀生了，猫是鬼的眼睛，它死了会报仇……奶奶是个善良的老太婆。有一次邻院的小孩和这个院的小孩打砖头仗，上房爬墙，砖瓦纷飞，老奶奶挺身出来劝解，一砖块飞过来，砸在额顶上，顿时血染白发红。老奶奶的血顺着额上深密的皱纹流，灰白的头发散乱开，她那样子真让人心疼。交战的双方登时傻了眼，从此好久无战事。

人是一种不肯安分的动物，那血液中积淀了不知几千几万年杀伐战争的经历和冲动。向往和平是真的，但和平的时间久了，他又腻得慌，觉得自己活得太不轰轰烈烈，太平淡。于是又想起好男儿当马革裹尸；想起风萧萧兮易水寒，壮士一去兮不复还；大丈夫于百万军中，取上将首级如探囊取物耳；砍头不过风吹帽，脑袋掉了不过碗大的疤；看来这渴望战争也是真的。大规模的战争恐怕不一定是哪个人发动的，人的不肯安分的心理因素难道不是造成战争的原因吗？等到真的打起来了，大地燃烧，母亲流血，人们在自己造成的残酷后果面前傻了眼，于是停战、谈判、呼吁和平……人类，是不肯安分的，也善也恶，有真有假，亦美亦丑，似不可分。

那猫自从挨了一铅弹，打弯的腰好久没直过来，变得面目全非，瘦骨嶙峋。只是一双眼睛里凶光不减。它家的主人主妇却也并不弃它，不但不嫌弃它那副倒霉落魄的残废样子，反而愈加怜惜。它受了气枪伤，那男人不用猜也知道谁干的，但并不吵闹，装作不知就是。后来三娃又逮着一次机会，把它扔进了院后的一个又大又深的厕所里，这次它上不来了。眼看快淹死了，碰巧那家的妇人上厕所，听着下面猫叫，手也不解了，回家拿了一根绳、一只篮子，吊下去，把那浑身屎尿的东西拽上来，在水管子下面冲洗了好半天。唉！即便是对待一只猫，人和人的态度感情也如此差异，如此无法相通。一个必欲置之死地而后快，一个宁肯从茅坑里打捞也要它活。暗害猫的人看来作恶，却未曾害过人；救护猫的看来心善，却以暗算人为业：各有发泄其恶的方法和渠道罢了。

数年之后，我大学毕业赴某农场行变相劳改之罚。一日，有待杀之猪，命学生群起而捆之，混乱之中，便有人持刀在猪身上先刺了几下。猪皮厚，尖刀刺之易如裂纸，油肥不见血，刺罢，那人狂笑不止。我知道他为什么这么干，泄其胸中积愤而已。到了正式杀过，屡吹漏气，才发现原先刺破了几处。那上士怨恨说："大学生的心真狠……"

虐待人不算狠，虐待了畜生却狠，这正是人间的一种道理。

又逾数年，我到了以斗鸡斗狗闻名的英尔力克，有幸亲逢一次大规模斗狗场面。郊外村野的土沟下，两只专门养来斗赌的猛犬撕咬正酣，围观的人密密麻麻立在沟沿上，尘土飞扬而起，人群涌动，那场面简直超过任何一次群众性集会。两只狗咬得惨，一只的耳朵带半个脸被撕得挂在头上，另一只被齐齐咬断了一条前腿。正在这时，忽然传道纠察的人来了，这才将狗收住，准备见机散场。只有那狗，用爪子刨起土来，低下头，朝血淋淋的伤口上扬，呜呜地哀叫……

那是一次惊心动魄的群众性向鲜血中寻求刺激的场面，直到今天，想起那些围观者一张张隐在黄尘中的脸孔，被残酷激发起来的好奇，为杀咬刺激起来的兴奋，还有那惊喜夹杂着恐怖的表情，以及诸多复杂的眼神，都让人难忘，让人深思。这是人们平日表情中不易见到的一面，可怖的一面。人们，一面是天使，翻过来的另一面，却是魔鬼。

人皆如此，当然，只有圣人除外。我这般说，大概要惹来一点君子国里人们的公愤，更说不定违反了一些作家诗人爱河滔滔笔下流的创作原则。那好，就算我胡说，就算我是以恶人之心度君子之腹，容我补充一下总可以吧，他们——一面是天使，翻过来的另一面，还是天使！这样就全面了，稳妥了，对吧？

但是，关于那只猫的结局的问题，还是不能忘了，它是纲，纲举目张。那只浅黄色斑纹的大狸猫，被从四层楼上扔过一次，被气枪铅弹击中过一次，被极深极臭的茅坑淹过一次的猫呵，三杀未死，命大如有神助的猫哟，在经历了它平凡而又顽强的猫生三次大难之后，虽曾腰弯体弱，奄奄乎将死，但还是缓过劲儿来了，只是变得更鬼、更目露凶光，更让我觉得它活着就是一个含满冤仇的不祥的鬼魂在行动。

而且，上述三次罪恶的蓄意谋杀，并没有教育了我，使我通过残酷的现实良心发现或幡然悔悟，没有。相反，我杀心更重不能自拔，我终于寻找机会对它下了第四次毒手。

我在前面没有交代和暗示过我还有一个弟弟，这当然不应该，说明我不懂写东西的规矩，第一场戏中挂在墙上的枪必须在第四场打响，第一场根本没挂在墙上的枪却突然自己响了。不过我确实还有个弟弟，是二小，他比三娃要大却比我小，在初中时就碰上了那个在学校不用念书的时候，因此，他有了充裕的时间发挥他的养狗爱好，不知从哪儿弄了一只凶猛硕大的名叫"大瓦利"的半土半洋二转子狼狗，养在学校宿舍里很抖威风。偶尔有一次带回家来，大瓦利雄踞门槛，吓得刚刚作过早请示的我娘远远地站了半天不敢进家。

二小爱狗成性，经常是除了大瓦利别的一概不谈。从他口中，我偶然得知了这只狗的一个既是共性又是个性的特性：大瓦利仇猫。一般说来，好像猫狗有仇，但据二小说，大瓦利对猫似有势不两立的世仇。它是不管好猫坏猫、黑猫白猫、男猫女猫、中国猫外国猫，只要碰上，一律不分青红皂白，尽自己最大的能力追咬，除非猫到了它咬不上的地方，才恨恨而去。

大瓦利的这一特性引起我的注意。我便把前因后果以及新的设想告诉了二小。二小听了简直高兴极了，这完全是一次提供给大瓦利展示武功的绝好机会！商定的办法是这样，让三娃务必叫钢钢设法把那猫偷出来，抱至二小学校；校院有棵大树，为了让那猫既可以相斗又不至跑了，可用一不长不短的绳子拴在树上。这样，一出好戏就导演成功了。

那天，猫像一匹系在桩子上的马一样系在树下，有一两米的长度容它活动。它像一个被强迫着来参加比赛的非职业拳击手那样手足无措，表情沮丧，眼神惊惶。大瓦利却像一位名声赫赫的拳王，它精神格外好，连蹦带跳地被二小从宿舍牵出来，仿佛已经从主人的表情中感知到将有不寻常的事发生，果然，颈套解开之后，随主人手一指，它就朝树下跑过去。

那猫，全身的毛耸起来，蹲着后腿直立起身子，两只前爪举在前面，龇着牙呀呀地叫。它要吓唬那狗，警告那狗，以避免流血事件。

大瓦利雄赳赳地跑近，在一米开外立住，定睛看着，嗅着，喉咙中发出低沉的威胁声。然后它左右移动，寻找空隙，一扑。那猫比它灵敏，已经跳起来落在它脸上，闪电般几爪子，没等它清醒过来，一耸，又跳开去。大瓦利的鼻子和眼角已经流了血，皮开肉绽，它的怒吼马上变成了尖厉哀伤的哭叫，它转向主人，很委屈的样子，不想再继续打了。可是不行，主人的命令坚决，大瓦利回身再战，不再犹疑。

一开始它总吃亏，又被抓破好几处。它激怒起来，不顾一切地扑过去撕咬。那猫受了伤，又被绳子绊着，扭身往树上蹿，还没落定，被狗跃起来一口把整个儿腰身咬在嘴里，死也不放。它在狗的利齿间仍然扭动着抓咬，拼命挣扎、反击，渐渐地，它的反抗愈来愈微弱了。

大瓦利不放心，还在拼命地摇动着脑袋，呜呜地低吼。

这时候我才发现，它在那只狗面前身躯显得那么小。

"它死了？"

"它这回真的死啦。"

"它不会……？"

"不会什么？"

"噢，没什么。"我对三娃说，"咱们走吧……"一路上，谁也没再提过这件事。我心里突然空空荡荡的，像一只没有胳膊的来回摆动的空袖管。

1986 年 1 月 20 日写于乌鲁木齐北山坡

捉不住的鼬鼠

——时间漫笔之一

我一出世就沉没在时间里了，时间如水我如鱼。

那是烟、雾、空气的包围，浑然不觉如影相随，我几乎不能明确是我拥有了它还是我正被它裹挟。

它是那样直接、迫近、强大地面临着所有的生命，但是为什么却最容易被忽略？

风无形，可是柳枝拂动、树弯腰，我们可以看到它的力量；空气无状，可是在阳光透射下，可以看到尘埃浮动、地气上升，目击它模糊的形态。

但是时间呢？

谁感受到它的力量，目击过它的形状？

有过一位诗人妄图正视它，结果那位诗人哭了。他突然发现了一种强大力量的隔离，感到面对一圈无形的墙壁无法穿越的痛苦。

还有一位也是诗人曾经试图接近它，结果他反而给推得更远了。

他在江边痴想，人是什么时候开始见到月亮的？月亮是什么时候开始见到人的？这个问题是世界柔软的腹部，谁的拳头打向这里，谁就会因扑空而迷惘。

时间是空的。

它大到无边无际、无始无终，如宇宙天空，如一切生灵唯一的裁判，如神；

它小到无影无踪、无孔不入，它甚至规矩渺小到了可以被任何一位钟表匠囚禁于方寸之间，如奴隶。

它操纵着生命而又似乎被人操纵。

它掌管了生杀予夺之权而又隐形无声。

处处有它而无它，处处无它而有它。

它是谁？

它是钟表里的刻度，是太阳和月亮的约会；是由黄转绿暗暗托出春天的一只看不见的手，是淹没着宇宙万物的滔滔洪流；是神秘的意志，神秘的脸，是一切生命的杀手和产婆。

谁能画出它的肖像呢？

在我们的想象力的铁路修不到的年代里，一个东方农耕民族，因为自己的生活方式认识了它，给它起了一个名字，叫"季"。"季"是以四种容颜出现的，循环往复，互相衔接，从未有过一次失误。

当然还是东方，一些狩猎民族，生活在白山黑水之间。因而他们看到的也主要是黑白两色，白天是白的，黑夜是黑的，他们把它叫"日子"。

另外是游牧者，他们很容易把它叫作"纪元"，漫长的动辄千里的迁徙和转移，使他们随着或逆着它移动，也使他们看到了它更真实的茫茫无声的面容。

漏、晷、钟、表。

这些都是人类妄图捕捉住它而设的夹子和陷阱。人们以为捉住了它，紧密地把它关在里面，非常珍惜，仿佛里面关了一只规矩而又准确的小松鼠。

在这种儿童游戏面前，它是宽容的。它不愿意拆穿这种幼稚的错觉。

人们经常爱问的一句话就是，"你有没有时间？"

我们怎么能够有或者没有时间呢？因为我们的一切都是它赐予的，都为它拥有，就像我们不能说自己有没有天空一样。

它给了我们那么多时日，让我们饮食男女、劳动思考，让我们创造，它多么伟大仁慈！我们每每看到太阳饱满金红地升起，就把太阳想象为它的脸，心里流露出一个生命对它的崇拜和感激。

然而也许人们总的来说是让它失望的，人们不珍惜生命，人们不仅挥霍而且极其藐视时间，人们把它给予的一生随便地混过去……于是它使所有的人死去，让新的人诞生出来。结果差不多，于是它再让这批人死去，让新的一代再诞生。如此循环，无数代矣，它的希望竟还没有绝灭，这是多么伟大的耐心！

时间啊，我们最对不起的就是你了。

在你的忍耐和仁慈之下，我们究竟做了些什么？我们无所事事，没有目标；因为空虚，我们互相钩心斗角；因为无聊，我们把对同类的践踏当作平生乐事。

我们还崇拜金钱，就像小孩崇拜自己屙出来的屎一样。

我们不珍惜生命，但我们却贪生怕死。

我们以自私为核心，但我们经常向别人曲背弯腰、胁肩谄笑。

这些，当然你都看见了。

极度的灵活，超自然的伸缩性，不可思议的变幻速度。是的，鼬鼠一般，短肢、细长柔韧的身子，光滑的皮毛滴水不沾，豹头，双眼凝注而有神采。

无处不可穿越，无处不可逃遁。

闪电的一击，比一切猛兽凶猛。

它象征着"短暂"的残酷力量，而这正是时间的另一属性。在这寒冷的、毫无商量余地的时光匕首面前，谁也没有能力躲闪。这位快捷的剑客，它的暗杀从来没有落空过。

恐惧就是这么来的，和生命一起来的。根植于生命的底核，随着大无畏的生命一起生长。当生命吸收营养的时候，它也吸收；当生命衰弱老化的时候，它睁开了眼睛。

恐惧是灵魂中基本的颜色，是使灵魂活动的力量，梦是它的镜子。

不知畏者不足畏。

时间的洪水在通过每一个具体的生命时，是细腻，是一根伸缩变化的悠长的皮筋。小女孩就是在猴皮筋上找到了它的对应物，她们像一群小鸟，在时间的枝上跳来跳去。她们正处在可以把时间当作玩具的年龄。

"一五六，一五七，马兰开花二十一。"

这种音韵上口毫无内容的歌谣，仿佛不是唱给人听的，因为它什么意思也没表达；但是只有小女孩们爱唱，这些精灵仿佛是唱给人类以外的什么东西听的。

时间对小孩子来说，是那样像老人，慢吞吞地难熬；

时间对老人来说，是那样像顽童，转眼就不见了，怎么也抓不住；

时间对那些伟大的男人来说，是女人，可以占有，可以利用它无形的躯体延续自己短暂的生存，所有伟大的男人都曾使时间怀孕，从而在历史上复印出自己的影像；

时间对那些美丽的女人来说，是男人，它是那样言而无信、轻浮短暂，那样轻易地摧毁和抛弃美。

人们不都是生活在时间的猴皮筋上吗？

时间从来就没有公正过。

对排队的人，它磨蹭着；对有急事的人，它拖延着。

对"找时间"的人，它躲闪着；对"赶时间"的人，它飞跑着。

对没办法打发时间的人，它恶意地空洞着。

对美妙幸福的事，它吝啬着。

对辛酸痛苦屈辱的事，它挥霍放纵着。

它就是这样生性荒诞无稽，常常捉弄人。

我们以为时间是帝王，是最后的裁判。

我们总是把一代人解决不了的纠纷、矛盾、疑问留给它，寄希望给它来证明。

其实它根本就没有理睬过我们，既不关心也不评判，就像鱼在水中争吵并不与水有关，也像鸟在天上撕斗并不于天有碍。它静默地坐在一切之上，长河落日，大漠孤烟，坐地日行八万里，巡天遥看一千河。

同时它又有细致灵巧的手指、猫的无声脚步……悄然移行。

我是多么渴望看到那些已经消失了的事物再现！

这一切都是可能的吗？

在时间的尽头，在幽暗的内脏，在呈现着虚无假象的背面，在意识的深不可测的井底，那神秘的、那玄妙的、那不可洞察的创造万物之手——是什么？

1990 年 4 月 20 日

岁月的墙

——时间漫笔之二

我听见悚然而又喑哑的声音不停地重复着一句话:"我老了……"这话令我惊恐,于是我便四面张望,寻找这声音的来源。

周围的景观依旧,仿佛一切都是沉默着的,噤声无语的,只有季节的四色轮年年岁岁无声碾过。一切都咬紧了牙关,承受这天地间无声之轮的碾轧,一切都呈现出无限痛苦的表情——这轻盈的车轮从人类的心灵上驶过去的时候,分量是骤然变得太重了!它根本不似从大地上驶过时那么鲜明、那么具有感染力,它是尖锐的、精细的一种压力,它留给人心上的是一种图纹极其复杂怪异的辙印。

于是我寻找这声音。

我在猜测,究竟是谁不断地、恶意地用这类似诅咒的声音提醒我,是谁用这种话撞击、侵袭、腐蚀我的精神,摧垮我的肉体并进而把我挤迫得无处容身,最终乖乖地被它一脚踹进坟墓里去?它为什么这么恶毒呢?为什么它就不能让人平平静静、安安稳稳地享受完自己的生命呢？

山有此意，然而山峦无语。它只是那么静默地坐着，你不去看它，就永不会感到被伟大存在的威胁。水有别情，但是流水无形。流水只是像小孩儿一样模仿着一切逝去的东西，它并不明说，而且它从来都乐于饮你、抚慰你、洗濯你。

后来我终于发现，发出这令人恐惧的声音的，不是天空大地、高山流水，而正是我自己——它就藏在我的肋骨后面。那声音就是我的声音，它才是苍老的、空洞的、时时刻刻不停重复的。它若无若有、似隐似现，但是即便是聋了也能听得清清楚楚，它是在说："我老了……"

我顺着这声音走过去，看到了一堵一堵的墙——岁月的墙。这是一些由时间的遗物组合垒筑而成的颓墙残壁，有记忆的块垒、往事的砖石，还有因时代的移动、错位造成的沟壑，它常常使人难以逾越，只好抚墙长叹。

这些墙，并不是很高很大的啊，并不是那类雄关险垣般的大墙，也不是深宅大院式的那种高雅完整的护墙；它有些像旧长城的遗迹，也有些像某个山乡农居外的矮墙。它是十分自然的，也是非常朴实的，你几乎很难看出它上面有什么人为的痕迹，但它是墙——岁月的墙。

我第一次发现这种墙是在 30 岁以后，我做了一个梦，那梦显得格外真实，好像根本不是梦而是真的。那梦没什么奇异，就只是在梦里面我知道了自己已经到了 40 岁。"40 岁？"我在梦中急得喊了起来，"我怎么可以活成 40 岁这么老啊……"我在梦中不能接受这个事实，我想挣扎，但使不上劲，沉重的土壤一层一层埋到了我的胸口。我为此伤心得在梦中痛哭起来，彻底地感到了生命的荒凉。

当我从梦中哭醒来，我知道了那是一个梦。我仍然只是 30 多岁，但我一点也没有感到庆幸，因为 40 岁的那面墙，我已经真实地触摸到了。

从那以后，我不仅过了 40 岁而且快要过 50 岁了，恰恰与梦相反，我真正到达它们的时候非常平静、毫不在乎，甚至还有某种轻微的自豪感。我知道了，真正的对于生命衰老的恐惧是只有在梦境中才会产生的，在生存的现实中，你看不到那堵岁月的墙。

在现实中我们仅仅是活着。

只有在梦境里我们才是诗意地活着。

梦比现实来得既强烈且优美，飞翔，从一座山峰跃向另一座山峰！自由落体。从高空跌落，风在耳旁急流般呼啸！还有最自由的欢乐、最极端的恐惧，还有远比现实更有意味的扑朔迷离的性爱……这一切都被一面墙挡住了——醒来使我们丧失了无垠的梦境，理智是单薄的！

现实中的一切，都是与生存有关的；只有在梦里，与生命有关。现实中没有这些墙，但我们什么也看不见；梦里有墙，可我们却透过这些墙看到了深邃永恒的东西。

这些墙隔开了世界，它把原本浑圆的世界切割下来，只给了你一个平面，这个平面就是现实。

我们在这个平面上循环往复，生老病死。我们熟悉它，习惯它，渐渐容忍并喜欢它，对一切不再惊奇、喜悦。科学的小发明层出不穷，它妄图改变世界，甚至许诺还给我们一个梦境，但是我们只能会心地笑一下，而已。

诗人在现实中寻找那些墙。

诗人是梦境的忠实守护者。

他仔细地查索那些可疑的痕迹，他相信生命的年轮被一笔抹杀掉时总会留下一点蛛丝马迹的漏洞，他在现实中游荡奔走，看起来无所事事，但他其实一直在固执地寻找岁月的墙。

"找到了吗？"有一次我问他。

诗人打开一部书，书页当中夹着一根白发。他给我看，但动作显得有些迟疑。我看到夹着白发的那一页书上有一句话，歪歪扭扭地写着：朝如青丝暮成雪。诗人不大自信地嗫嚅着说，这还不够吗？这就是证据呢，可我不知道是谁偷走了生命……

我看着诗人痴顽的样子，就笑了。我说，"东风不染白髭胡"嘛，一根白发有什么可奇怪的，人生在世最须注意的事项当中，第一条就是千万不要太过于伤感。我还告诉他说，既然生命是注定要被某只手偷走的，那就让他偷吧。

诗人说：但我就是想知道他是谁！一个人拿走了你的一块破肥皂你都要追问，为什么我的生命被偷走了还不能允许弄清楚呢？

"岁月的墙——"我告诉他说，是岁月的墙偷走了人的生命。我刚一说到这几个字，诗人就不再作声了，仿佛我说出了一个幕后的凶手，诗人瞪大了眼睛，他的眼睛里注满了动荡的湖水。

这时，我从他的眼睛里看到了一个充盈着生命之水的旋转并循环往复的浑圆世界。我看到的是一个晶体，是一个宛如蜜蜂复眼的完整球体，复杂的时间的光束投射在上面，有的被吸收，有的几经波折，有的反射出去……每一只复眼都是一个自足的系统，每一个眼界都造成一道岁月的墙，碰撞，投影，交叉，聚集，简单的光芒造成了这个变幻莫测的奇异之眼，织成了人类永难穷尽的奥秘！

因而有了同一空间内的不同时间，也有了同一时间上的不同空间。有了近在咫尺的隔离，也有遥隔千古的接通。

复眼在转动，石榴籽裂开了。

每一个复眼和复眼之间都有一道墙壁，每一粒石榴籽和石榴籽之间都有一层隔膜，看到了吗？隔膜就是墙。正是由于这类墙，诗意的眼光才有了可能。

一切事物都因了隔开而变得优美，变得令人回味、含义无穷。回忆使事物有了景深，间离使往事产生魅力，疏远使历史生出引力。隔是空间也是时间，它消解了仇恨、怨怒、争夺、厮杀……只剩下了生命中最本质的东西：活力。

也正是因为有了这一道墙，一部分人总也听不懂另一部分人的话语，一些人总也不能理解另一些人的经验，一代人很难感受上一代人的想法，一种人永难领悟另一种人的感情和要求……啊，这无形的隔膜像是树的年轮一样，它是岁月在我们生命中的波纹，它是时间在我们肉体中发生影响的痕迹！

一层一层，一圈一圈。

我因此而断定：时间的运动形态一定和水的运动形态相似，每一层每一圈之间，就可以找到岁月的墙了。

它可能常常表现为一段空白。

我们已经发现并认知了一些墙：我们把一些黑白分明的矮墙定名为"白昼"和"黑夜"；我们把一些染有四种不同色彩的院墙命名为"季节"；我们把那种跨度更大一些的长墙认识为"世纪"。但是……对于更庞大、更复杂的那些墙的规律我们就无从知晓了，我们像乡村的儿童一样茫然于外面的世界！

埃及金字塔，是时间的山。

中国万里长城，是岁月的墙。

也许应该这样理解，也许不可以这样理解，这并不重要，重要的是这些伟物对人类认知留下的无尽启示。

在墙和墙之间，我们生存着；在墙和墙之间，我们踮起脚来张望着。

踮起脚来张望的一瞬间，人类长高了。那一瞬间的人是多么美丽呵，那是求知不尽的人，那是跳芭蕾舞的人，那是永远葆有孩子的好奇的人。在岁月的墙边，愿人类永是儿童。

人类永是儿童，虽然我将衰老。

我将因此而欣然，而快乐，而用我喑哑的嗓音击掌大笑。我虽死而复生，我无非是遁过岁月之墙而去，在墙的那边，我犹是儿童。

我将回望墙的这边，深深祝福。

1995 年 3 月 21 日匆匆写完

感受 *1996*

——时间漫笔之三

1996 年是一个人为的概念，在浑然的时空中我们其实看不见它的存在。它是无穷台阶中的一个台阶，是无数时空细胞里的一个细胞。一年和一年本来都是相似的，不相似的只是我们的感觉和阅历。

我之所以专门要为 1996 年写一篇文章，是因为这个尾巴上挂 6 的年头对我一生有"划时代"的意义。我出生于 1946，这说明在 1996 年我就被公认为 50 岁了。被公认为 50 岁是一种感受，它迫使你不得不有时候把"老"这个字和自己联系起来，当然，这往往只是个遁词，或者是心理上需要时举出来的盾牌，以便在某些不能适应的变化面前心安理得。

实际上人对年龄的变化非常特别，表面上看起来人显得无动于衷，实际上人在这方面比兔子还敏感。人心里有一双比兔子还长的耳朵，支棱着，仔细地倾听着岁月在大地上走过时的足音，心惊胆战！……面对无边无际的时空，人更恐惧的是时间。时间比兔子身后的狼更凶残，比狐狸更狡猾，比穷追不舍的猎犬嗅觉更灵敏，何况时间还是无处不在的。

我嗅到1996有一丝特殊的气息。

非常特殊的、有着隐约硫黄味和金属味的、混杂着不可分辨的总结和转折的、充满异象而且不知是庆幸还是不祥的一股气息。

一些地震发生了，西南或西北，这说明大地也是敏感的。

一些怪异反常的气候发生了，4月中旬的一场西部地区的大雪，压断了许多生长了几十年的大树，为近50年来所罕见。这证明天空不仅是敏感的，而且也许可能是预谋者之一。

一些事情也在发生，好事或坏事，对一部分人是好事而对另一部分人是坏事的事，或是相反。每天晚上的天气预报和《新闻联播》里，似乎都能感觉到1996的脉搏、血压、呼吸、意念、病兆以及是迈出左脚还是迈出右脚的考虑，一闪的影子面目模糊不清，纷乱的脚步大势无法揣测。总之，1996在全世界忙碌着；在全世界每一个角落，1996都有不同的面孔和不同的气味。

它可能还有一个总面孔，可惜我不能认识。

具体到我这样一个人的生活中，1996也是奇怪的。这一时期我出版了几本书，三本吧，从北京寄到万里之外的我手中时，日期极其古怪地巧合。

第一本是人民文学出版社所出的散文珍藏本，发出的那天是毛泽东的诞辰。

第二本是中国工人出版社出的西部散文丛书，恰好在我的50岁生日那天下午收到。特别是那天上午我曾断言过"这本书今天应该到"，结果果然。

第三本是群众出版社的一套随笔丛书，本该没什么联系了吧，还是和我妻子的生日重合了。

事实上 1996 是我生命中的一个里程碑，我为了到达它付出了漫长的时光。50 岁也许是比较容易到达的，但在这一时刻获得一种感觉或许并不容易。什么感觉呢？成功吗？感谢吗？还是什么？

成功是有一些的，但不是外界的吹捧造成的成功感，而是内心对到达某一设定目标的认可。别的人也许在 30 岁以前就到达了，我晚到了 20 年，但我还是感到庆幸和成功。长跑者的到达就是这种心情，他心里想的那句话是："我也到了！"

这里面同时就含有一种感激，这感激是模糊的，并不具体，它含混地包容了一切爱你、帮助你、支援你的人和事，而且还包括了用抗拒来激发你的人。感激化解怨恨，尤其是不走运的人的感激，愈发显示着人间高贵的情怀。我也许不是最有才华的，但我感激命运给我的生命滴入的那一点天赋；我的成就也许是微不足道的，但我还是感谢它在我生活中注入的无穷力量。

一个人啊，沧海之一粟啊。

列宁在 1918 是何等重要，他坐进时代的火车头里，然后乘着工人阶级为他喷出的蒸汽迷雾躲过警察的搜捕，匆匆走上伟大的讲坛，去做改变人类历史的讲演！

但是仅仅半个多世纪，列宁缔造的强大国家解体了。现在即使在狂热崇拜过他的地方，也很难再找到一幅列宁的挂像。

因而周涛在 1996 充分地理解了一个人的作用是极其微小的，包括那些把自己焊接在亿万群众肩膀上的巨人头颅，他们的意志和智慧，作用也是有限的。

在天、地、人三者的运行中，可知的和不可知的力量往往出人意料，往往使事物变得不可思议，它的确是不以人的良好愿望为转移的。

我们睁大眼睛注视着 1996，我们（包括全人类）对它是警觉的。任何一个局部地区的战火、空难、地震、洪水，任何天灾和人祸，都仿佛是不祥的火情，足以点燃引爆世纪末的危机。

实际上，我们人类是非常恐惧的。

在地球上，我们前所未有地强大，同时也前所未有地恐惧。恐龙就是在最强大的时候消失的，所以它的名称叫"恐"龙。我们人呢？我们会不会在亿万年以后被新的物种指称为"恐人"呢？

太阳黑子的问题，飞碟和气功的问题，大河断流的问题，森林及物种毁灭的问题，丧失信仰和强化宗教的问题……我知道得很少，但我仍然感到每天都生活在危言耸听当中，大众传媒时刻都在用我们不懂的东西提醒、教导、引诱、吓唬我们。如果胆小一些，我相信很多人都会成为精神病患者！

就这样，我们仍然抵达了1996。是啊，这也很不简单啊，我们一生都在被社会改造，但是一直到最后社会也没能把我改造掉。我始终在坚持我的真理，不断地在学习中修正我的错误，超越了本能的、可怜的、个人的名利思想，成为一个真实的奉献者。

我为此而庆幸。而且因此而触摸到一点人生的意义本质。

我们没有那种改造世界的宏伟力量，但这并不可耻；我们如能尽了自己的努力为社会作一些有益的奉献，这就是非常崇高的一生了。那些作英雄状、发大誓言的人，难道我们见得还少吗？"扭转乾坤"并没有把人们引向繁荣幸福，而切切实实的工作却有可能。

1996就这么来了，转眼之间将近过半，一切预言尚早，序幕拉开，结果终会显现。有的事物诞生了，有的事物衰亡了，还有的事物正在重新组合或碰撞，大千世界，自有其规律。自然有自然的规律，探讨它的叫自然科学；社会有社会的发展变化规律，研究它的是社会科学。这两件前人留下的法宝还是不能丢的，靠迷信不行。

本世纪还剩下不到四年了，我们的民族摆脱了泥泞和沼泽，走上了坦平一些的土路，但还远没有驶上高速公路。每个人都减掉一分私心，增加一点公理，每个人都替别人多想一次，为自己少谋算一次，这不算过分，损失不会太大，但是对整个民族来说，这就是你在推动历史车轮了。

历史车轮就是这么推动的，不是哪一个人一使劲的结果，世间没有那样的"巨无霸"，只有目标正确的整体的人。

写于 1996 年 4 月 16 日

凝视片刻

他抱起双臂，目光异样平静。

他所站立的位置并不算高，但是他喜欢这样用平静的目光打量远方，他的身边和身后，已经或正在变成废墟。

能够看见什么呢？

是观赏风景吗？风景不过是现实呈现出的某种状态，而这种状态是变化的，不稳定的，甚至是毫无根据的。烂熟的风景令人厌倦。太阳是陈旧的，月亮是苍白的，而云朵是轻浮的，一切都已经很难再唤起新鲜的感受。

他所能够望到的，都不是他所需要的，而他渴望看见的，全都是眼下尚未呈现的。

比如，他望见了身下的这座运行着的城市，这座城市在运行，在忙碌。它仿佛有明确切实的目标，但本质上它非常盲目；它仿佛存在于秩序和规范里，实际上它相当混乱。它迅速地产生着，支撑着，仿佛每时每刻都在崛起，然而他看见它的钢筋水泥的骨架是颓废的，看见它四通八达的道路相当脆弱，还看见它的整体里弥漫着日甚一日的坍塌和不堪重负的呻吟。

这是一些容易引起眼睛疲倦的事物，他眨了一下眼，试图让目光从这上面掠过去，望到更远些的东西。

更远的地方其实也不存在什么更新鲜的东西。越远的地方，那些存在就越古旧；越老迈，越像一个陈旧熟悉的梦境，之所以有时偶尔唤起人的亲切感，只是因为熟悉罢了。

农村的道路像一些遗弃的绳子，随便地扔在田野上，永远不会有人想起来把它弄直；河流始终妄图躲开人类，却总是在某个拐弯处被村庄踩住；树林是淡青的，它们已由自然繁殖生长改为由人种植，像一些新式的庄稼，这些本世纪以来归顺人类的植物已经不再能藏匿住任何一个童话了。

剩下的就是天空、山峦，这不过是一件无法更换、无法触摸的布景，它们摆在那里，至少已经有几千个世纪了。上帝创造了它们，然后就忘了。

还能看见什么呢？

眼睛已经无法看到那些消失了的人和岁月，更无法望见那些尚未成形的人和岁月，仅仅在现存的这一片刻，凝视这蠕动，这挣扎，这无数微小变化的积累和展示。而这一切，能告诉他有关明天、后天、大后天的任何预告吗？

一只大洋彼岸的蝴蝶翅膀的抖动影响了世界的气候；

一粒被海浪冲刷掉落的岸土减少了欧洲总面积的精确数；

一场巨大的世界性战争仅仅在一代人的黑发尚未全白时被淡忘了；

一个人正在死去，另一个人正在诞生；

所有的真理背后都躲着它的悖论。

现实制造着明天，明天却说不准会不会背叛现实。

那么，他对远方的凝视有什么意义呢？如果没有意义，他为什么习惯于凝视远方？设若有意义，他从眼前的现实风景中预见了什么？

　　他的眼光虽然是平静的，仿佛饱经历练，其实仍然是一种平静的迷惘。平静是掩饰不了迷惘的。

　　他虽然双臂抱在胸前，但他并不是胜利者，更不是强者。他这只是体现一种轻蔑，而这，只不过是一种轻蔑的姿态，同样掩饰不了与生俱来的恐惧。

　　他望着，凝视着。

　　很久很久，他转回身来，像是在宣布什么，也像是独自呓语，他说——那口吻似乎很坚决：

　　"太阳是假的。

　　"那是黑暗中的一种习惯性幻象。"

隔窗看雀

它总是拣那些最细的枝落，而且不停地跳，仿佛一个冻脚的人在不停地跺脚，也好像每一根刚落上的细枝都不是它要找的那枝。它跳来跳去，总在找，不知丢了什么。

它不知道累。

除了跳之外，它的尾巴总在一翘一翘的，看起来像是骄傲，其实是保持平衡。

它常常是毫无缘由地"噗"的一声就飞走了，忽然又毫无原因地飞回来。飞回来的这只是不是原先飞走的那只，就不知道了，它们长得看起来一模一样，像复制的。

它们从这棵树飞往另一棵树的时候，样子是非常可笑的，那是一团，中途划着几起儿落的弧度，仿佛不是飞，而是一团被扔过去的东西——一团揉过的纸或用脏的棉絮团儿什么的。

它如果不在中途赶紧扇动几下它的小翅膀，那就眼看着在往下栽了，像一团扔出去的东西在降落的弧线上突然重新扔高，它挽救了自己。

它不会翱翔，也不会盘旋，它不能像那些大的禽类那样捉住气流，直上白云苍空之间，作大俯瞰或大航行。它是一个现实主义者，从一棵树到另一棵树，从一个楼檐到另一个檐台，与人共存，生存于市井之间，忙碌而不羞愧，平庸而不自杀。

它那么小，落在枝上就是近视眼中的一个黑点，连逗号还是句号都看不清楚，低飞、跳跃、啄食、梳理羽毛，发出永远幼稚的鸣叫，在季节的变化中艰忍或欢快，追逐着交配，有责任感地孵蛋和育雏……活着。

它是点缀在人类生活过程当中的活标点：落在冬季枯枝上时，是逗号；落在某一个墙头上时，是句号；好几只一起落在电线上时，是省略号……求偶的一对儿追逐翻飞累了落在上下枝时，就是分号。

和人的生活最贴近，但保持距离。

经常被人伤害，却总也不远走高飞放弃贴近人时的方便，所以总不见灭绝。

它们被人所起的名称，是麻雀。不知道它们彼此之间是不是也认为对方是"麻雀"呢？

瞧，枝上的一个"逗号"飞走了。

"噗"地又飞走了一个。

黄蜂筑巢

到了霜降的时候，黄蜂陆续坠落阳台了。一只又一只，总是不断地出现，却又不会大批地同时死亡，有时候扫地，扫帚前面就蠕动着一两只。

秋日的阳光温厚无力地照耀着，像摊开四肢时缓缓输送的血脉。秋的日子将尽，前面似有一堵无力逾越的无形的墙，在秋风的驿马来往传送急件的时候，挡住了那些没有办好移民文件的小生命。

黄蜂的家族里，大部分没有办好移往冬天的手续。在阳台上，我听见一个细嗡嗡的声音说：生活着多么好啊，但是我们，只有一死了。

我听见了这声音，不忍把这只蜂扫进尘土和枯叶里，便用扫帚挑起它，轻轻放到窗台上。它像一个打秋千的小孩一样紧紧抓住扫帚尖，然后落在一片宁静的秋天里。

秋天的阳光罩住这个小小生命，仿佛舞台的灯光罩住一个即将谢幕的芭蕾舞演员，它的翅膀像裙子般垂落，透明地遮住它的小身躯，身躯在阳光下异样的鲜明美丽。

那样的金黄上印着那样的黑纹，仿佛是出自名家之手的套色版画，那金黄应该是晚熟的金皇后玉米颗粒的黄，浸透了阳光的纯金之色，而那黑纹斑，却是无月之夜的浓黑。这两者套印在它的身上，就是夜与昼、生命与死亡、温柔和峻厉、无限与短暂。

它蠕动，欲飞，颤抖，然后停住。仿佛它已经明了生命的期限似的开始整顿自己，用毛茸茸的两只小手收拾整理自己的触须，像吕布拨弄两根长长的花翎那样，认真而又骄傲。那是两根多么漂亮的触须啊，它捋着它，一遍又一遍，如同一个清洁的爱美的人儿。

小家伙！

你原来是如此自爱呢！

可我们原来是怎么认识你的呢？我原来还以为你是个四处寻衅的亡命之徒呢！你的屁股后面总是挂着一支毒箭，随时准备刺向仇敌，我以为你是好斗的。黄蜂尾上针嘛，我至今记得童年捅马蜂窝时，几只毛茸茸的小爪子紧紧抠住鼻子上的毛孔，然后狠狠一刺……至今鼻子还大着。

黄蜂就是马蜂，春天时竟在阳台的墙缝里筑了巢，嗡嗡嘤嘤，不时地有起飞和返航，小小的阳台一下成了热闹的空军基地，给一家人造成威胁。如果要想毁掉这个基地和里面的众多"歼击机"也很容易，晚上用一团泥巴糊住墙缝，就全数"闷"死在里面了。但是……何苦呢，毕竟是一些没有攻击过人的小生命，即便是黄蜂，也不忍去荼毒无辜。"到了秋天它们自己就完了。"我说。

从春天到夏天，它们天天从我们的头顶、脸前飞来掠去，人无伤害之心，蜂子也绝不主动攻击，连误会也没发生。相安无事之下，我忽然发现了这些小家伙是非常有灵性、非常善解人意的，它们仿佛看得见你的心里没有存着歹意。

后来，我越看越觉得出它们的可爱、团结、忙碌，甚至把观察它们的活动当作了我每天的乐趣，金色蜂群仿佛是阳光的锋芒变幻孵化而出的生命，连同那嗡嗡的声音也像是夏日阳光的声音呢……这些一粒一粒的、飞翔的小光芒啊！

再后来，就是寒露、霜降了。

它们挣扎在季节的墙边，坠落在时限的海关前，无限珍惜，异常温柔。它们当中没有一个使用过上天配发给自己的箭。我听见这些陆续坠落阳台的小生命说：生活着多么好啊，但是我们，只有一死了。

明日立冬。明年请务必再来聚会呵，小家伙！

命里的街道

一

　　我在这条街道上走着的时候，街道是无言的。它不会说话，没有表情，而且也没有生命。它像一艘旧船的甲板——一半沉没在岁月的水里，还有一半暴露在今日的阳光下，陈旧，有点倾斜，走上去凸凹不平。它像一艘船的残骸那样，陈示着无奈和认命的意味儿。

　　这时候正是秋天，秋天作为万物的刑官，正以它的肃杀之凛斩伐着多余的生命，并使之露出本相。秋末的太阳要比初春里的太阳显得温暖许多，然而在它的抚照下，树叶纷纷落地，一种无法抗拒的衰败与坠落在时序中弥漫。它揭开了什么，又告知了什么，但没有说话。

　　我就在这样一种时候，在这样一条普通的北方城市的僻静小街上走着，我走得面目全非，满心都是皱纹。

　　一片一片的落叶在地上躺着，等着我的脚踩上去，似曾相识，但却陌生。它们像是和我毫无关系，也像是和我早有密约，这一片一片的落叶正像我写过的一篇一篇稿纸，当初饱承心力，而今散落街头。

　　没有一个人会拾起它们，连我自己也懒得弯腰。我只是多看了它们几眼，看的刹那间，我感到满嘴苦涩，我承认，它们不是粮食，只是树叶。

我为什么成了这样一棵抛撒落叶的树呢？我为什么没有成为一棵抛撒传单、钱币、花朵等东西的树呢？这里面的原因我不是很清楚。

是命运让我来到这条街道上，又让我远去他乡数年之后重又回到这条街道上。恍恍惚惚就已经是第 40 个秋天了，我忽然意识到我与这条街道的关系，这桩非常普通的事里充满了暗示。

我承认，我没有跳出这条街道的手掌。我以为跳了很远，结果一落地还在上面。

孙悟空在如来佛手心里翻跟头的故事，是不能完全当作神话来看待的。

二

我们没有自己的家。

这条街道上的一座院落也不是我们家，它本来和我们毫无关系；据说原是盛世才的东花园，解放后成了中级党校。40 年的时光使我们把这个地方当成了自己的家，而且还当成了自己的根据地。

真正意义上的家在万里之外，那里埋着祖上的骨殖，也有属于自己的宅基，但是我们远离了乡音故土。这一切都是革命带来的，幸耶？不幸耶？革命改变了我们一家人的命运，使太行山中的一支周姓，成了天山脚下的无根之族。想想，"革命"实在是太名副其实了，它真正的意思就是：改变命运。

而命运在大幅度的激烈改变中失去了根基，我们反而没有自己的家了。我们加入了一个新的大家族——它是强大的，无处不在的，而且是令人振奋自豪的，我们相信这个家族的力量，并随时听候它的调遣。

就这样，我们来到了自己命里的街道。那时也是秋天，满地落叶，寻常巷陌。我当时无论如何也不能想到它和我一生的命运有什么关系，我才九岁，我喜欢新鲜的地方、新鲜的家，我不知道这就是命运赐给我的一条小船。

我将在这上面走来走去。

三

这样一个院落对于九岁的人来说，仍然是太大了。它的周围有土城墙，院中有相当于一座小森林那样多的杂树，所以落叶，往往是层叠厚实的。

有一个小池塘，水色森然幽绿，浮着残叶和藻类，犹如旧时代的一只没落哀怨的眼睛。

有一个小红楼，砖木结构的，三层楼里都铺设了地板，楼梯是红色的木阶和扶栏。这幢小楼是一座藏书20余万册的图书馆。

还有一座木制亭榭，亭榭周围是大片的花草，盛开时满地锦绣，数亩之地，姹紫嫣红。

仿佛还有井？

仿佛还有残碑、石刻、题铭？

记不清了。现在除了小红楼和一小片树林，其他的都消失了。

这就是另一个姓周的少年的"百草园和三味书屋"，它们很大，还算宁静，但它已经决不属于某一个人家了。类似的这种地方是否还能培养一个人的想象力呢？这个像衙门又像校园并且归根结底是一个封疆大吏东花园的地方，在它的一座四合院平房里，保留着秘密审讯室的痕迹。当年是一定有过血光和哀号的，也一定有过秘密无声的杀害；这里的房屋和树木当然见过，但它们保持着肃然和静默，像是永不说出，又像特别知道。

类似臣仆的恭顺表情渗透在这里的草木和砖石里，形成秩序的氛围、等级的序列。机关就是这样，一点不含糊，连树叶都懂得自己的位置。这也许是一种虚伪的状态，但却连空气中都充满了它的声音。

好在人是盲目的，少年更是盲目的，盲目使人骄傲，骄傲使人充满活力，而生命正是需要用盲目来鼓励的。如果人人都能过早地看到命运，那么这个世界就停止了。

四

一个人在大约十二三岁的时候会产生出一种什么样儿的荒唐念头呢？这种荒唐的臆想几乎是永远不可告人的，而且是成年后很容易被忘记的。那个时期，一个少年会莫名其妙、毫无缘由地用幻想的方式关注起自己的身世，他会突然无端地怀疑自己的父亲是不是真是生身之父，他会在一些时间摆脱不掉一个臆测，那就是现存的血缘关系弄错了，他其实还有一个"家世"存在世上。在那个"家世"里，他的父母更不平常，更有一种形态模糊的伟大和高贵，而兄弟姐妹更齐全，更理想……往往在这种超现实的妄念中，他获得快感，设想的情节随意转折，离奇的变化令人沉醉，但是最终，止于对现实父母的难以割舍和痛心的内疚之中。

叛父的心理在少年时兀然冒出来，像一只毛茸茸的怪物，闪一下，又闪露一下，仿佛是一面血缘的幻境，贾瑞眼前的风月鉴一样，看过去满心欢喜，回过神一腔懊悔。这一类自我臆造的白日梦境，往往是在母亲的形象面前碰壁，对母亲的怜悯是无法抗拒的。

这些昔日的白日梦，都是当年在这条街道上独自行走时做过的；而今重走在这道上，蓦然忆起，荒诞无稽，令人惊诧。

成长中的生命，正是从根上向宿命发出疑问的，它的挑战直指本质，然而每次都必然失败。

首先是由父母这个最基本的现实，构成了一个人的命运。

命里的街道追溯上去，就是血缘的街道。

多么熟悉亲切！

多么无从改变！

你好，命运。我独有的，只能占据一次的命运啊，无论迁徙、远行、沉浮、磨难，还是挫折、失败、痛苦和欢欣，你都是我的。和我的生命一样属于我，我爱你。

你要是沉重的，我就扛起你走。

你要是轻快的，我就像骑马那样骑着你走。

唯独没必要改变的，就是血统。

我是一双普通人的儿子，然而我多么高贵。

五

40 年的岁月在我身上留下了什么？许多重大的、影响了时代的事件，在我身上都变成了滑稽可笑的纪念。越是重大严肃的事物，在少年人眼里就越显得有趣和可亲近。

大炼钢铁对我来说，意味着好玩。整个 1958 年是一个喜庆热闹的年头，仿佛一年都在过春节，到处都是彻夜的炉火熊熊，火光闪耀，铁水飞溅，砸矿石的声音比除夕的鞭炮更密集、更繁荣。拉炭的毛驴遍布大院，无人照看。我们的节日来了，几十个少年骑在几十头驴背上，头戴柳盔、炼钢墨镜，盾牌和刀剑就地取材，"夜战马超"如临其境……我曾在这条街上驰骋，在全民大炼钢铁的时候，我向往的是古代英雄。

后来，朱德到这个院里来过，在大人们恭候等待的行列前，小孩子们摔起跤来了。人越多，小孩摔得越漂亮，竟赢得了朱德元帅的微笑喝彩。再以后，听到大人们悄悄议论起高层领导人的变化，竟为朱德黯然神伤了一阵，认为不公平。现在才感到，所谓公平是一个儿童的观念。这种纯真的向往在儿童时期就顽固地存在着，与生俱来，然而在现实生活中是极难实现的。

40 年的岁月似乎根本没有留下什么，就像一棵树，风啊雨啊，秋啊冬啊，一旦经过，如同没有。树还是那棵树，长大了些，长粗了些，但还是能被人一眼认出来。只有在树的心里，多了一圈一圈的年轮，那是经历。

我也是这样一棵树，站在命里的街道上。

有时候我从这条街上走过去，看到那些路旁的树，用手抚摸一下它们粗糙的皮，就想对它们说些什么。它们不会说话，但它们有年轮，年轮就是记忆。

什么话也不要说，好好地活着吧，我在心里这样对它们说。

年轮是应该能够听见的。

六

难道人就没有年轮吗？

人和人不同，每个人的年轮周期应该也是不一样的。人的年轮不是季节，而是命运，每一番命运的大转折，就是一圈年轮。

在这条街道上走着的时候，我被自己的历史所启示，我仿佛从我平淡的岁月、杂乱的脚步中看到了某种规律性的变化，就是说，我认识了自己的年轮。

我的年轮是以十年为一个周期的，十年一觉扬州梦，赢得青楼薄幸名。细细想来，这一切似乎都带有某种"事先安排好了"的意味，我不是一个宿命论者，但我对宿命般的规律感到畏惧。

第一个十年，我随父母调动从北京到了新疆。这是人生的一次转折，但本来也没有什么稀奇的。奇在我命相属狗，狗的属相方位是：西北偏西。在北京时是住在西北角海淀区，到了新疆就仿佛是找自己的属相方位去了。

第二个十年，"文化大革命"就开始了。整整十年，人谓浩劫，从"红卫兵"搞成了"黑五类"，这个转折是够大了，终生难忘。运交华盖，破帽遮颜，这十年是连本儿也丢光了。

第三个十年，就是"难忘的 1976 年"，巨星陨落，地震山崩，一个新的时期正在旧的结束中孕育。谁说天人没有感应呢？想起那一年，就觉得神秘怪异。我 30 岁，在伟人辞世之际就预感到劫波将尽，好日子该来了。

第四个十年，新时期文学的繁荣已近巅峰，渐呈衰数。1986 年 3

月 16 日，在我的生日过后第二天，我获得了全国诗集奖，文学的第一个战役打完了。我打得不算好，比我强的人很多，但是，作为一生事业的基础，这是标志。

命运把我发落到最遥远的地方，然后让我往回走，目标恰是起点，北京代表中国。宿命的意味也可以说不是宿命，而是一种人类的反观、觉悟、触类、旁通，乃至一个人把自身与外界事物联系起来，找到巧妙联结部的能力，是一种解释自己的智慧。人是需要这种解释的，不然一个人就会被失败压倒；想一想，一个人一生中能有几次值得提起的成功和胜利呢？其中又有哪一件是在他活着的时候还不褪色的呢？

失败太多了，所以需要把责任推给宿命，这样或许可以轻松点。

七

很多人都知道他们为什么写作，而我不知道。我肯定不是为了生聚了 40 载的这条寻常的街道而写作的，我也不是为了故乡、土地、父老乡亲而写作，我有不少时候写到这些，仅仅是因为与这些事物的自然联系。

我认为，一个人的写作如果能够非常明确地讲清目的，那无疑是一个浅薄的伪写作者。

花开放了，但花是为什么开放的呢？是为了让公园更漂亮、游客更愉悦吗？不是。花开了是生命本身驱动的，花朵美丽是由于生命本身美丽。不同的生命有不同方向的驱力，如同自然万物一样——同样的天空和大地，产生出来的却是千姿百态的生命形态。它们不可能从根本上改变自己从漫长发展中所获的遗传特性，就像一只猎豹不可能为了适应环境而改学吃树叶。

真正的写作就是这样，它不为什么，只由于生命的需求。

它是只要活着就顽强怒放的花，也是宁肯饿死却拒绝吃树叶的猎豹。

由于我不是一个写作目的十分明确的人，所以在文坛所举办的竞技赛上我总慢半拍，我始终不得要领，甚至在短跑中败给一些根本没有什么才能的人。其实我是一个好胜心很强的人，我并不喜欢忍受寂寞，让我感到奇怪的是，我承受住了，我在这件事上表现出来的冷静和坚韧令自己吃惊。我相信这是由于一种超理智的力量帮助了我。"我们有某种本领使我们与众不同，成为这个世界的闯入者。"（切斯瓦夫·米沃什）

诗和文学不是竞技，也不是某种能力的比赛，它只是——开花。

一个在这样一条街道上走着的人究竟怎么去和在别的很远的街道上走着的另一个人比胜负呢？他们都在自己命里的街道上走着，这就够了。

八

从 60 年代中期到现在，我对文学的喜爱已经不知不觉间延续了 30 年。我是一个喜新厌旧的人，奇怪的是文学没有让我厌倦，我觉得现在的我和当初一样。

有时遇到一些当年的同道用故作惊诧的口气对我说："你怎么还在写呀？"

"当然。"我认为这世界上并没有发生什么值得大惊小怪的事情，天没塌地没陷，战争暂时还不会爆发，洪水也没有淹没这条街道，"友邦"为何"惊诧"呢？我明白这是一种卑贱的神态，这种口气在掩饰着真实的坍塌——一个失败者在投降时留下的就是这类神态。

敢于承认失败的人，就已经是勇者了，进而才可能成为智者。只有不知道何为胜败只知道甘心创造的人，才算得上是圣者。

世上最有智识的人物，都是用一个大愚来垫底的，仿佛大地用一个最朴实的底色，供养出各种各样智慧的花朵。

从这条街道的一个平凡的家庭出发，我走到了一些地方，寻访到一些各式各样的街道，每个街道上都有人，和我一样的人。我的眼界还远远算不上开阔，我们接触的领域和人物也远远不是全部，我承认我无法穷尽这个时间和空间。但我相信一些朴素的人类本质，不管人世间怎么变化，这些东西是不会变的。

人永远都是人。既不会变成野兽，也不会变成机器。

1994 年 11 月间，我到北京，由于偶然的原因，我乘车驶过了从前生活居住过的地方。车窗外，闪进了三个字："一亩园"——啊……正是我上小学一年级的那所学校的名字！

我没有要求停车，但我在心里回味着，我的童年之地啊，你已经不再认识我了……故乡和一个人的关系正是这样，大地没有记忆。

那么还说新疆的这条街道干什么？时过境迁，它也不会再记得你。但是人对生活有记忆，生命对土地有感激之心，这也是不可磨灭的。

所以那天晚上我们吃完饭返回的时候，在北京冬夜车流灯火闪烁的路上，坐在车里，我们产生了唱歌的愿望。每个人都唱了一支最能代表自己的歌，歌声使整个北京变得热泪盈眶、心领神会。

我也唱了。

我用沙哑的莫合烟嗓子唱了，唱得含情脉脉。我唱的是一支不为世人所知的《塔里木河》，是新疆流传的另一支《塔里木河》，现在舞台上演唱的那种《塔里木河》我们是不屑的。

我唱的这支歌里一直反复咏叹着这样的句子：

哎⋯⋯

亲爱的塔里木河

每当我离开了你的时候

叫我怎能不忧伤⋯⋯

讨厌猴子

人究竟是不是猴子变过来的？我不知道。不过既然达尔文这么说，只好暂时先将就着这么看。但是我腻歪这个结论。

我并不喜欢猴子，虽然它们聪明，灵活，生存方式和群体结构与人略似，我仍不喜欢。在各种动物中，我以为猴子是最缺乏生命的庄重感的，也最俗气。它既没有虎豹的威猛孤独，也没有狮象的王者风度；狼的顽强战斗精神和流窜匪徒般的不屈不挠；狐狸的灵性和超现实主义的魔幻色彩；甚至鳄鱼的远古遗风、以不变应万变的固执和残忍；羚的美丽轻盈，鹿的头顶所长出的奇枝般的绝妙武器……它都没有。

它不善于攻击，也不能够防卫。

我们可以这样看它：贫困的爬树者。

仿佛，造物主创造并保留了这个物种就是用来嘲笑和讽喻已经相当伟大了的人类。它们像人，以浑然不自知的形态摹仿人、贬低人，且以此进入人的生活，取得人们世俗的喜爱。猴子以它的滑稽可笑造成了一种职业，"耍猴儿的"。它代替那个人翻跟头、作揖、穿可笑的戏装、骑着山羊挥刀弄棍；而那个人指挥它，训练它，替它吹牛、乞讨，是它的代言人。人和猴子的合作比人和人的合作更具幽默感，更容易讨得众多围观者低下的趣味，因为人们从猴子的表演中看到了一种既像自己又明摆着比自己低下的生存状态，获得了在嘲笑中肯定自我的心理满足。

吴承恩用他的一支笔，为猴子创造了超凡入圣的辉煌。他把猴子的习性做了一番改造和升华，使"捣乱"变成了孙悟空的叛逆性格，因而称美猴王闹天宫反玉帝时期的孙悟空颇有英雄个性，活像个造反的农民领袖，惹人喜欢。但是自从跟上了唐僧，戴了紧箍，便又成了一个"要猴儿的"身边的可怜角色了。除了戏弄一下猪八戒，便是棒杀一路上那些和他从前一样的起义领袖，动辄大呼别人是"妖怪"，其实，他自己不正也是个"妖怪"么？

这不是孙悟空的悲哀，而是吴承恩的悲哀，或者干脆是我们祖宗精神中所遗传的"猴气"的悲哀。

在索溪峪有一景，就是看猴。

那峪中一小块场地上，有几个大铁笼子，笼中有数猴。其余数百只猴皆匿于附近山林，有养猴者一家居于此，唤之即归。养猴者过去靠在湘西捕猴为业数代矣；今养猴，善发悠长怪声，猴似懂其语，闻之纷纷坠树钻山出洞而来。

去时恰黄昏，猴群归山，只有数猴在笼。

笼中猴有一只首领，彪形略显肥壮，行坐皆有一些派头。隔笼投糖逗之，并不欢蹦乱跳，而是稳重、有城府。先以怀疑轻蔑之眼珠望望，考虑一二，才稳步走来。拿起糖来并不急忙塞入口中，而是走得稍远些，背人而食，不给你看见吃相。

还有一猴，有怪癖，专好吃一种草叶。隔笼递之，急吞下口。倘若以别种草叶喂之，甚怒，以为欺其不辨植物学分类矣；出手极快，隔笼便将喂草人额头击之，莫不能中。

笼中还有一母猴，形若老妪，怀揣一小猴。养猴者告曰，母猴已眼瞎。细观之，果然老目冥冥若瞎状，行动不便。那小猴约尺把长短，面目清秀，极似非洲贫民窟中一难民饥孩，瘦极，两睛明亮而大，只是恐怕难以长大成猴。观此母子，实觉悲惨，直觉得像是旧社会黄泛区灾民流落街头的卖子图。何况那母猴衰老不堪，产下小猴，也不符合优生优育之原则。不过，猴之不灭，也正在此，无论如何艰难困苦、肮脏恶心的条件下，总肯拖泥带水生儿育女。结果呢，一代比一代劣，一代比一代刁猾，一代比一代缺乏生命的庄重感。

就永远也没法变成人了。

倒不如那些珍禽异兽，永远热爱自然，永不肯成为人类手中的玩物和小丑，纵使几千几万年来横遭捕杀，犹不肯归顺。终于迫使人类在其濒临灭绝的时候，认识到它们的至珍至美，认识到它们生命的庄严。

我讨厌猴子，也许恰在于它太像人。

1988 年 6 月 27 日

追赶自己的鞋子

"我是谁？"

"我在干什么？"

"我的一生出现在这个世界上究竟有什么意义和必要？"

"我因何而来，又为何而去？"

"我会不会只是一个浪费粮食的动物？"

…………

这一类的问题是如此之多，设若穷追不舍地自问下去，至少在数量上可以达到《天问》的水平。在任何一个时代，人类对客观世界和内在心灵的疑问都是同样多，不会因为科技的进步而稍减。

人在本质上是多疑的。只不过是，多数人在关注切近的生存利益之下已精疲力尽，没有余力再来关注这种终极而空洞的问题了。

在"时间就是金钱"的节奏声中，人们忘记了更重要的——时间就是生命。因为生命需要金钱，结果金钱重于生命。因为金钱重于生命，所以有了为了金钱而不惜损害乃至丧失生命的人。人为财死，鸟为食亡，此千古至理。不同时代的崇尚因此蒙上不同的价值取向。"生命诚可贵，爱情价更高；若为自由故，两者皆可抛"。这是为自由而不要命的。生命既抛，自由已无意义；抛己之生命而为大众取自由，是谓崇高伟大。

但是为了自由而不要命的，在今天已经不时髦了。今天兴的是为了钱不要命，可谓：生命即时间，时间即金钱；要钱不要命，要命不值钱。

毫无疑问，这是时代的一种不大不小的"进步"。

因为命是未经过自己的任何努力就有了的，所以体现不了价值，在一个生命诞生之前，它既没有愿望，也没有奋斗，得来全不费功夫。以此为资本，开始了人的聚敛财富的一生，这是真的"无本生意"。

生命是别人给的，金钱是自己挣的。别人给的东西视为必然、应该，自然不会在意；自己挣的东西倍觉来之不易，所以格外珍惜。人是以个体为本位的，这很明显。

因此，对于人生来说，一场追赶自己鞋子的运动由此开始。

人在不断地追赶自己脚上穿的鞋子，却永远也追不上。因为鞋子总是要比脚大一点，脚在鞋中追赶鞋，鞋随脚动，鞋总在前面。诚如一个人追逐自己的影子，影随人动，只要日光在后面，影子是追不到的。

永远追不上，永远又在追，直到脚的运动停止，鞋脱下来，扔在一边。

因为脚而产生了鞋，因为鞋的重要性而使脚忘了自己，最终为了鞋子而丧失了自己，这也是一种忘"我"。

应该珍惜的本来是脚，脚代表生命，但人之所以与兽区别，在于唯有人的脚需要鞋子，鞋代表文明。人的脚被各式各样的鞋弄得越来越娇嫩了，不再能光着脚在石砾、刺丛之上任意奔跑了。脚被鞋保护，也被鞋焐酸焐臭。脚再也离不开鞋，鞋成了脚的一个组成部分。

对脚这个生命来说，鞋不仅仅是金钱，而是整个的人类文明。各式各样的鞋就是各式各样的文明，资产阶级原始资本积累时期的拜金主义和野蛮掠夺啦，欧洲早期空想社会主义啦，《资本论》的诞生和《共产党宣言》的出世啦，各个时代的文明，都是人类脚上的鞋。

一部人类文明史，就是由各种各样的鞋组成的历史。

鞋像船一样，停泊于黑夜，启碇于白日，鞋的愿望不仅是保护脚，而且还要运载、超度脚；而脚成了鞋的顾客，它不仅把自己交给鞋，而且还因崇拜而追赶鞋。

追赶自己鞋子的运动是很迫切的，像马拉松长跑一样，人人争先恐后，个个舍命相拼，没有人甘愿退下来坐在路边的草地上，去平静地欣赏周围优美的风景。

谁敢说鞋不是一个上了发条的机器或附了咒语的魔物？谁知道鞋的魔法将把脚引向何处？

有一个童话极有深意，那就是那双有名的"红舞鞋"。鞋的魔力和对于鞋的象征隐喻，在这里得到了彻悟——谁穿上它，谁就疯狂地跳起来，旋转啊，舞啊，精疲力竭却又欲罢不能，直到跳得累死为止。

红舞鞋是美丽的，令所有的人向往。

红舞鞋同时又是可怕的，置脚（生命）于死地。

鞋大于脚，正如一个时期的文明大于人。人正是这样受到文明的保护、制约、驱动的。人正是这样追赶自己的鞋子的，同样欲罢不能，难以超越其局限。

有一个名叫梵高的红头发的荷兰人，妄图摆脱他那个时代的鞋，他放弃了追赶那双鞋的权利，赤足去寻找真正的生命状态。他死在寻找生命的路上，非常孤独、痛苦。

他死后，变成了一双鞋。

他放弃了鞋而最终变成了鞋。

巨匠啊——巨大的鞋匠啊！对那些创建文明业绩的人，人们是用感激鞋匠的态度来对待的。

莎士比亚是不是英国人的一位大鞋匠呢？看样子是。

孔夫子是不是中国人精神上总也脱不掉的那双鞋的制造者呢？当然是了。

鞋是多么厉害！

鞋匠是多么伟大！

在这样伟大的鞋匠制造的各种必不可少的鞋里，啊，我们的生命怎么可能是天足而不是"小脚"呢？我们的可怜的小脚又怎么可能不去盲目地追逐这些"自己的鞋子"呢？

生命啊，鞋啊，两难的生存啊。

"反文化"？无非是脚准备抛弃一双旧鞋的时候；"新文明"？也不过就是大批量的新式鞋子上市的时候。鞋和脚相依为命不可分离，脚和鞋如影相随亦步亦趋。

所以，每天早晨人类醒来之后要做的第一件事，就是：穿上自己的鞋子，然后无休止地追赶它！

人类的包装是越来越精致了，但是人类自身是不是也随之而精致了呢？"在人愈来愈变得萎缩、愈来愈物化为非人的噩梦时代"，鞋子捂得又臭又酸的脚味，被香波遮掩，然后创造出一种比脚臭更恶心的味道——现代味儿和后现代味儿。

对于这个世界来说，小脚是无可避免的。

脚这个生来的劳动者、行动者，这个天生的农夫、猎人、好奇的探寻者，它正无可救药地堕落为老爷和皇上。它沉睡在鞋里和更大的鞋——汽车里，行动者让别人代替它行动，心甘情愿的思想的执行者反过来指挥思想。脚对自身使命的背叛开始了——它只忠实于鞋而不再忠实于思想！

结果是，思想失业了。

一个有思想的人在今天就像一个光着脚在大街上走路的怪物。

今天，思想是生病的根据。

如此这般，还说那些什么"我是谁"干什么？我是一只脚。还问"我在干什么"干什么？我在追赶自己的鞋子。我为鞋而来，为鞋而去，我没什么必要和意义，我的必要和意义就是证明鞋的存在。

至于我是不是浪费了粮食，管它呢。

假如沦为一种动物了，那没准儿恰恰是幸福生活的开始，你千万不要担心。

在追赶自己鞋子的一生中，其乐无穷！

"同志们，冲啊——"

"一个人一生只能做一件事"

"一个人一生只能做一件事。"这句话看起来有点意思。这句虽非至理也不出名的格言是谁说的？你也许会问。

是我。

有一天我和几位客人聊天，谈起了当今天下全民皆商的壮阔趋势。他们告诉我，现在不少的作家已经弃了笔，去做能赚钱的生意。他们说，你呢？你怎么看？

我就回答了这句话。

是的，只能做一件事。弃了笔的作家是值得怜悯的，因为他这样做就已经承认他一生没有力量完成一件事。一个放弃了初衷的人，在茫茫人世间，在每日每时的变化和运动中，他的内心一定是凌乱的。当然还有一些人，他们当初来的时候就不曾抱有初衷，而只想凑热闹。现在热闹凑完了，他们也该到别的地方凑新的热闹去了，社会永远不会只在一个地方热闹。

这种人来到人世间时，就压根儿没打算去做任何一件事，而只想在所有能引起他兴奋的事中捞好处，很有点像小偷。只不过是这样的小偷往往引起世人的羡慕而不是厌恶。

这一切都发生在"文学失去了轰动以后"。失去了轰动，就是已不是社会热闹的焦点。于是，热衷于谈论《百年孤独》的人们忍受不了哪怕只有十年的寂寞，大势已去，真是"无处话凄凉"。但是，那些坚韧的、抱残守缺而初衷不改的真作家却像冷静的雪峰那样，清醒地俯瞰着这一切，他们看着雪水在春天纷纷离去而并不感到忧伤或孤独，相反，他们感到轻松了一些。

雪水自有它们该去的地方。

雪峰们却并不会因此"贫雪"。

好在，有一座名叫博格达的雪峰就坐落在离我不远的位置，我喜欢远远地凝望它。它是蓝的，一种坚硬有质感的蓝。这种独特的蓝使它和天空的蓝区分开来，使我的肉眼能够看清它高踞于天空中的轮廓。在阳光炽热强烈的溅射中，它蒸腾着力量和光芒，默然无语，缓缓呼吸，有如一群无所不知的伟大神灵。

你如果心态宁静地久久看着它，有时偶然能听见它的声音，听懂它的话语：

"他们大势已去，你的时候就快来了。"

有一次，我听见它这么说。这声音在我心里久久回荡、深深弥漫，一直渗入血液和骨髓。我感动而感激。我心里说："我的神，你算看透了我了。"

多年来，我做的所有的事其实都在为做一件事做准备，所以，那些所有的事都不算事。

多年来，我突飞猛进、杀伐征战，仿佛有点战果累累，而实际上是我始终没有找到那件事的边缘。

多年来，我居于喧嚣的闹市，各种叫卖的声音嘈杂，起哄和讨价还价的叫声震耳欲聋；真诚的声音是微弱的，它还没有离开口唇就被可怕的声浪淹没得无影无踪。

我也受到过扰乱，产生过疑问。这时候我就来到一个视野空旷的地方，独自默看那座博格达神。它仿佛能够医治我的灵魂，因为我信任它。渐渐地我就平静下来，在一种严峻崇高目光的俯视下，你无形中会反省自己，物欲的骚动会平息下去。我想，神呀，你一生中究竟做了多少事呢？你仿佛什么也没做，连一步也没挪动过，你一生所做的事不过就是站立着，永远也不垮下去。你远远地离开人们，远远地看人们争来斗去，生老病死；一代人的经验智慧随着他们的肉体埋进土里，下一代人又重新开始那老一套。他们忙忙碌碌，终生忧烦，似乎有永远做不完的事，临老，到彻底休息的时候一想，原来什么也没做。

时间到了，曜——笛声响了。

所以人们老是想着："要是能够重活一回多好……"

重活一回的话，你愿意干什么？

"干文学。"我说。

如果不给你赋予文学家的才能呢？

"那我只好……当总统。"

1988 年 8 月 2 日

第三辑　冬日阳光

好雪者说

　　风花雪月，雪居在三。世人常以风花雪月为无病呻吟舞文弄墨，实则差矣。中央电视台每晚天气预报，皆风花雪月之谈，试问谁人不关注？风花雪月，事关国计民生，生态环保。大则洪水泛滥，汉江危机，领导牵悬，三军驰援；小则沙尘弥天，机场关闭，闭月羞花，人心忧郁。所以，风花雪月已不仅是闲人雅事，更成为21世纪人生活中不可或缺的事实。

　　风花雪月，乃是天颜；气象预报，观颜察色。天有风霜雨雪雷电，风威，霜峻，雨润，雪温厚，雷电惊心动魄，各有其神妙。然我世居北国，独有资格写雪，故作《好雪者说》。

　　雪者，天下之奇也。人却常以司空见惯而不觉奇，是因感觉已磨迟钝。童子见之奇，打雪仗，堆雪人，童子之心清新；南人见之惊，仰面而接，散发任落，以为苍天柔手抚吾颊，遥向阴云问烟雨，以为天地间之大情也。

　　吾好雪，如亲朋至友，若一年不能晤面数十次，惶惶如丧家之犬矣。有人生岁月而无雪，吾不知其可也。可以无影碟、无电脑，然不可冬日无雪；可以无职称、无文凭，岂可冬日无雪；可以无捷达、无奥迪，哪里可以冬日无雪啊！

人间有好雪者，雪自然亦好人间，一夜大雪，晨起平添七分振奋；三日不绝，街巷陡增万种豪情。若有小轩窗，凭窗赏雪实为雅趣，三两知己默然心会，杯酒洗肝肠；若有大披风，披肩独步松林芜园，问松柏可冷乎？问今日花凋明年可再开乎？天下无一事可牵挂，只需与一天豪雪相融合，此间乐，不思归。

观雪如观人，方为赏雪真谛。雪之众矣，足胜人之众。铺天盖地，飘飘洒洒。当其盛时，不知何时能停；当其停时，不知何时再下。乘时而来，随风而下。倏忽千军万马，独霸天下；落地平铺者众，钻窗入户者寡。总的趋势是下，间或有升有降，有起有落，诚如人在世间。铺于马路泥地，吾不知其贱；落于松柏翠枝，吾未见其贵；各得其所，阳春必化。

雪轻如絮，可以随风；此亦如人，要随形势。人生一世要表演，此亦如雪。雪花六角，晶莹且轻灵，可谓天之魂魄，雨之精灵；自高天降落，即是一生。任风挟卷，顺流飘荡，花样百出，盈盈如蝶。不知者以为其自在舞，知之者知其为胡旋舞。雪之不知因何而舞，亦如人之不知为何而表演耶！

雪，幼时为雨，及长为雪，老而为冰，终化水气而亡。此亦如人，少年为侠，及壮为臣民，老而为僧，最终化为烟尘。呜呼，阳春白雪，下里巴人，人若于世无益，哪里比得上雪？

雪澡精神雨洗尘。没有雪，哪来冰雪聪明？

孤舟蓑笠翁，独钓寒江雪。没有雪，就只是钓鱼，而不可能点化出钓功名、钓利禄、钓人格、钓有中之无、无中之有的幽深境界。

我为雪友，雪为吾师，寒暑易节，思之念之。昔我往矣，杨柳依依；今我来思，雨雪霏霏。旷野茫茫日，人间简约时。删繁就简，领异标新，觉人生之有涯，思宇宙之无穷。噫，雪之为师，何曾有一言半语？其传授者，尽是学问奥秘。雪者，学也。

而今四月将近，五月初来，雪逝无踪，夭桃灼开。初分手，即思念。浮浪一春，漫荡一夏，繁忙一秋，谁能耐得若何长耶？

吾师吾师胡不归？

2000 年 4 月 28 日

初　雪

这时候天还没亮，我醒了。

躺在被窝里睁开眼，便有了一种异样的、不同寻常的感觉，似乎有远客临门久候不语、巨灵降落默然静观，天地有变，平庸将破，异样的事物即将呈现。

人和自然的变化偶尔会有无语相通的时候。此刻这种感觉就很明显。"是不是下雪了？"我抬眼望了一下窗户，厚厚的窗帘在黑暗中泛着些灰白的浅亮，我知道，那不是晨曦，而是雪光。应该是下雪了，天还黑着，窗户却发亮，不是雪映的还能是什么？11月中旬已经过了，第一场雪应该来了。只是现在还没有看到它，还不知道是一场什么景况的初雪。

下雪和下雨不一样，下雨是带声响的，"风声雨声读书声，声声入耳"；下雨像一群活泼快乐的小女孩去野游，唱呀跳呀，总想弄出些动静引人注意。下雪呢，也是女孩，但只是一个人，她长大了，不再是小姑娘，而是一个——女神。天女散银花，天宫撒玉屑，一般来说无风无声，无雷鸣电闪，无树摇草倾，静逸安详，不怒不威不泼不闹，而且常常是在夜深人静万物入眠之时，她来了。

她来了，送给人间六角形的花瓣，也是赐给万物的一种六角形的祝福。她像观音菩萨一样，只有无声的微笑，只有祥和的美意，给这世界蒙罩上一层厚厚的、纯净的雪花，让它变一番模样，给你一个惊喜。

雪是长大了的、成熟了的雨。

经过了春、夏、秋三个阶段，雨这个小姑娘能不长大吗？她长大以后就是现在这个模样。

这时天已经大亮了。

与其说一夜初雪给周围的一切盖上了一层厚厚的鸭绒被，不如说雪让整个世界全裸着呈现了。一切都被雪重新勾勒出新的形态，圆润的、柔和的线条和轮廓，洁白的、鲜亮的肌肤和容貌，要不怎么说"山舞银蛇"呢？要不怎么说"原驰蜡象"呢？实际上山既没有舞，原也没有驰，一切都静静的，是雪给他们赋予了动感，雪给了他们新鲜的生命活力。

越是自然的，雪就使之越美，山脉、河流、丛林、树木、原野、道路、小桥、毡房、屋舍、栅栏，全都变了。空旷的变充实了，干涸的变丰润了，拥挤的变疏朗了，僵硬的变柔和了。枯枝落雪梨花开，屋舍戴帽白云厚。莫叹人间春去也，雪花更比春花稠。

越是人工的、都市的，雪就与之间隔，好像雪已无力改变它们。高架桥、高层建筑，立交桥、高速公路、机场、大型商场，雪是多余的、无益的、受到排斥和清理的。雪自己也觉得美化不了它们，在这些强大的人工事物面前，雪只是垃圾。看来美妙的事物和垃圾之间并无严格的界线，只需很短的时间，美物可变为垃圾。

美是一种很容易变质的东西，也许只是个时间问题。美丽的雪花变成污水，缤纷的花朵变成枯枝，灿烂的晚霞变成暗夜，绝代的明星变成白骨……谁说美是永恒的呢？也许美会永存在记忆中，但记忆者会衰老、死亡，那美便成了传说。

我看着眼前的雪景，因为意识到它的短暂而格外留意。这场雪下得可以，足有二十余厘米厚，称得上一场像样的初雪。地上、院中、屋顶、墙头，一下增厚了二十多厘米，整个格局都变了，仿佛家家都在雪中埋。白茸茸的，胖乎乎的，像个儿童，非常可爱。人的童心就是这样被唤醒的，初雪以它的单纯洁白，年年唤回我们的童心。于是想堆雪人，于是想打雪仗，还想起与雪有关的那些童年、少年印象。心里有一股冲动，有一些"老夫聊发少年狂"，真想管它什么年龄身份，跳起来直接横身躺进这厚茸茸的雪地上，大喊大叫一番才好。

可是终于没有，终于止于想。

实际上这场雪不能完全算初雪，因为月初的时候已经下过一场，那是雨转雪，先是下雨，后来转成下雪，第二天晴日之下很快又化了。但我还是认为这场雪才是初雪，雨转雪似乎不够分量。北方生活久了的人，对初雪有一种特别的情怀，这恐怕是从不和雪打交道的南国人未曾体验过的。现在不少东北人、西北人在南方买了房子避冬，我也在番禺买了个房子，兴致勃勃当几回"候鸟"。两三个冬天下来，新鲜劲一过，慢慢感到味不对了。怀旧了，想念起雪来了。雪里生活了大半辈子，雪已经渗进血脉，有了亲情、成了家人，没有雪的冬天总觉得缺了什么。虽然说广州的冬天照样叶绿花红，锦鲤在池中游，凤尾竹绿意葱茏，但是那个老朋友没有了。在广州过冬，那是"饱了眼睛饿了心"。

这不，今年要过一个完完整整的冬天，要和雪这个老朋友厮混一个全过程。老友如老酒，两三年不见面，一逢初雪，触动情思，初雪亦如初恋，意味绵长，经久难忘。我原来曾在诗里写过"新疆也许不是白头偕老的妻子，却是终生难忘的情人"。现在看，不对了，应该反过来了，"新疆不是终生难忘的情人，而是白头偕老的妻子"。老家如老妻，从青春到白首，知根知底，患难相依。穷不离，富不弃，人和故土才是知己。说什么一线城市二线城市，逃离故土成了时尚，离弃乡亲成了荣耀，人的价值成了城市的附属品，不断地向更大的和国外的城市攀爬就成了人生成就的标志。怎么说呢？社会潮流，时代特征，人往高处走，无可非议。可是我要说，那里有雪吗？那里有一大群看着你从小变老的人吗？还有，那里埋有你生活中难忘的日子吗？

初雪之后的树，一丛一丛，一排一排，原来叶落了，枝枯了，一夜之间，霜雪满枝，衬在有雾的背景里，水墨画里的枯笔似的，美得无法描述。不知从哪里飞来一些不肯南迁的鸟，麻雀是寻常见的，乌鸦也不稀奇，喜鹊成双成对爱落高枝，像一些援疆干部似的让人感动。因为新疆过去一直有乌鸦没喜鹊，近年才见喜鹊登枝，看来它并没有在乎是不是"一线城市"。还有一种以前没见过的鸟，形似喜鹊，体形稍小一点，黑顶，长尾，灰蓝背翅，淡红浅灰腹。总是结队成群，几十只飞来飞去，像一个加强排，散兵队形。这些鸟，给初雪后的世界增添了活力和内容，踏落枝头雪，飞过冰雪地，冷吗？看那活泼欢快的样子，似乎不像。

鸟想什么，人不知道。"子非鱼，焉知鱼之乐"，吾非鸟，焉知鸟之饥寒？只见一群鸟飞来飞去，谁能体察这些自由的生灵为自己的自由付出了多么大的代价？秋天的时候就有过两次捉到误入家门的鸟，一只游隼，一只乌鸦。捉住以后关进笼子里，有青瓷盛水，有小罐盛米，游隼还专门准备了碎肉。鸟天性自由，不屈不就，不饮水，不啄米，不食肉。关了一天，知其不从，一并开笼放生去了。那只乌鸦，从我手上展翅高飞之时，竟鸣叫不止，听起来像哈哈大笑的胜利者！我这才知道，鸟有不妥协的品格，不自由，毋宁死，小小的一只凡鸟竟然心气比人高，心性比人硬，佩服，惭愧。所有的生物都有自己的品格和底线，最低的，大概是人。

初雪之后，太阳升起。"须晴日，看红装素裹，分外妖娆。"红日白雪，绝对冷艳。

这时候该扫雪了，实际上是用推雪板推雪。雪厚盈尺，岂能扫动？我一直认为推雪是一种最干净的劳动，不起尘，不扬灰，活动筋骨，空气新鲜，既锻炼了身体，又清理了场院，比那些在健身房里的锻炼自然多了。初雪那么晶莹洁白，堆起来不由你不想堆一个雪人，给它戴个草帽，拿两个柑橘做一对金眼睛，一根黄萝卜做个翘鼻子，手臂间再插一把扫帚，大嘴咧着，也是雪后开心事。

雪很美，初雪更美。风花雪月嘛，踏雪寻梅嘛，雪泥鸿爪嘛，晚来天欲雪嘛，都是雅事。

雪正是我们生命中"可以并乐于承受之轻"，有谁比它更轻呢？它可以像蝴蝶一样轻盈地落在你的睫毛上，也可以像蜻蜓一样落在你的眉梢、眼角。这雨的精灵、冬天盛开的花朵，制造童话的高手，远古洪荒走来的女神……我们人类所遇到的最美妙的朋友！

它虽然没有声音，但它浑身都是旋律，它带着音乐飞翔……你听到了吗？

一朵雪花轻盈若蝉翼，漫天大雪却可以覆盖住崇山峻岭、茫茫旷野，它同时还拥有海潮怒涛般雪崩的力量。它可不光是雅事，仅仅是雅没什么了不起，它具备更伟大的品质，具有更宏伟的力量。

可以说，雪是集真善美于一身的尤物。真也晶莹透彻，美也花蕊飞翔，善呢，冰川雪谷默默为万物储存水源，来年化作江河溪流养育万物浇灌人间，这才是真正的"厚德载物"。

见一次初雪老一岁，雪也是生命刻度和提示，想起几年前写的一首咏雪诗，当时也是十二月中旬，是这样写的：

鹅毛大雪降纷纷，
下得天地胖墩墩。
地下已经厚三尺，
天上未见薄一寸；
充塞顿使人间满，
涤虑更让宇宙新；
鸟雀不知何处去，
深深篱边留浅印。

2013 年 12 月 20 日

冬日阳光

晚 12 点半睡觉，一觉醒来已是早晨 8 点半。这个晚上是无知无觉的，无梦，不起夜。如果以后死了是这样，倒也无妨。既无知觉，何畏死呢？人近七旬，会想到死，它一天天近了，却看不见、摸不着。你知道它离你不远了，正如探子报的："敌已离城三十余里！"那又怎样，无非是一攻即破，猝不及防，一命呜呼；或者是全城军民紧急动员，死守硬扛，坚持数月，杀马充饥，最终还是寡不敌众，破城之时，彼大屠三日，鸡犬不留，仍是难改归途。

死亡是不可抗拒的结局。生命可以让它流产，死亡从不流产。文天祥说对了，一句大白话"人生自古谁无死？"道尽人生之大限，从此使天下人释然，以死为归。前几日，忽闻京城老友韩作荣去世，感冒引起心猝死，才六十六岁。将近四十年的老朋友啊，就这么走了，连个招呼也不打，君去何急也。作荣小我一岁，却是最早扶我上《诗刊》的人，他沉默寡言，心中有数，一生爱诗，不离不弃，最后当了《人民文学》主编。《人民文学》主编是人能当的吗？我连想都不敢想。记得有一次莫言问我："你一辈子的最高理想是什么？"我反问："你呢？"他有点羞涩迟疑，壮了壮胆，说："我的最高理想……能当上《人民文学》主编。"我听了大吃一惊，这小子雄心壮志太大了，都敢往那儿想，我连《解放军文艺》主编都没想过。结果，韩作荣当上了。人家一个农家子弟，没上过大学，但当过兵，凭什么当茅盾、刘白羽当过的主编？埋头苦干，再加上心灵眼亮。心明者心中有诗有灵，眼亮者能识作品能识人。他一走，当然也是"挥一挥手，不带走一片云彩"，去天国，上帝也会请诗人吃糖果的，这一条我相信。

现在剩下我们这些暂时还活着的，心有戚戚然，物伤同类。正是十一月中旬，上午 11 点时光，坐在室外前廊，落地玻璃外面一览无余，尽是初冬之景。葡萄架上已经空了，从五月到十月繁荣几季果实累累的马奶子、玫瑰香、玻璃脆已经人吃、鸟吃、蜂吃，结束了它的盛宴，收拢起根脉，用草垫子盖上，以待来年。院里的花也如明星老去，只有几枝月季不识天意，瘦伶伶的身材举着几朵大花欲放还收。大丽身高叶茂花大，艳丽招摇，热情大放，但有点俗气。不过人家确是制造繁荣景象的高手，俗也罢，还是让人见爱。砍了枝叶，从土里挖出根茎，放进菜窖里过冬，来年春天再种，又是满地高枝大叶红花咧嘴笑。

此刻啊，阳光明媚！

冬日的阳光洒在落地窗上，如同美酒注入透明杯盏。爬墙虎在墙上红似秋枫的红叶，渐渐叶落、枯萎，好像刻意在模仿古诗意境，"落叶满阶红不扫"似的，仿得乱真。四棵海棠叶落果在，稀零零的枝上挂了不少小铃铛似的海棠果，在阳光的酒里泡着，给过冬的乌鸦备了些救命粮。

天空已不是盛夏的蔚蓝，但仍然是蓝，灰蓝。不是夏天的心境了，夏天是人生的三十岁至五十岁，现在是秋尽冬来，是六十岁以后的人生了。六十岁以后是什么样子？就是眼前这个样子，繁华过后便是凋零，心境灰蓝却仍是蓝。一日之计是夕照明，一年之计是秋近冬。只有这冬日的阳光赛酒浓，温暖贴心不伤身。它已不再酷烈炙热，而是轻抚你的皮肤，温暖你的骨头，融进你的血液，照看你的心脏。它像个性情温和经验丰富的老中医，在你耳边轻声叮咛："老骨头是缺点儿钙了，常出来晒晒。""你全身的那些河流渠溪是有些淤了，要清理了。"我问它："我吸了几十年烟，肺有没有毛病？"它看了看："肺的纹理有些粗糙了。"我问它："是不是抽烟抽的？"它说："抽烟粗糙，不抽烟也粗糙。你活了六十多年了，怎么能不让它粗糙？"我听罢，心中释然。这个老中医说得有道理，人家不故弄玄虚，也不拿它的专业吓唬你，不像有些半懂不通的医生，总是把医之大道往术之小路上引，直到以科学的名义把病人逼进狭路。

阳光就这样照临，让人茅塞顿开。

一群鸽子在灰蓝的天空中飞翔，像是要把阳光搅拌匀。它们盘旋，兜圈子，似乎总觉得还没搅匀，不满意，一遍又一遍地兜圈子。更高的天际，盘旋着一只鹰，它兜着更大的圈子，低头俯视那群鸽子，好像在更大的范围搅拌着。

阳光普照着它们，看似无心却有心。

前些日子落的雪，在阳光下消融。房檐上滴答滴答地融水，让人以为是下雨，直到房顶上轰的一声滑落地上的雪块，才使人从恍惚错觉中清醒过来。猛一抬头，忽然眼前横出雁阵摆满天空，阳光照着那阵容，大地望着那迁徙，天地间无声地为之肃穆致敬了。这是久违了啊，雁南飞！这几十年你们到哪儿去了？灭绝了、孤零了，还是全被人关进笼子以备烹炸了？少时年年见，欢呼一阵，习以为常，几十年天空杳无踪迹才感觉到心里顿缺一角！没有雁阵的天空如同世界末日的先兆。如果勇毅的跋涉者已经放弃了探求，那么这世界的末日还会远吗？

终于，大雁又飞来了，这个上演了亿万年的神话和传说，在中断了几十年之后，又奇迹般地再现，重又延续。我不知道应该感激谁，但我的心中已充满了感激。

愿江河永不断流，湖泊永不枯竭；

愿冰川永不坍塌，北极熊家园常在；

愿冬日阳光永不变为雾霾外的叹息；

愿人类明白除了自己活也让万物活；

…………

这时，温暖的阳光开始渐渐稀释，就像朗姆酒里加了冰块。正午那种淡淡金黄的颜色，开始变浅了，光泽有些收敛。这时是下午 5 点的阳光。上午的光芒已经走了，午休起来依然坐在前廊的落地玻璃窗下，院落境况一览无余。

我喜欢这样呆坐着，什么都不去想，什么仿佛也都想过。思绪的大朵浮云静卧天空，看起来是静止的，一动不动。实际上哪有纹丝不动的云呢？它貌似静止，实则一瞬间也没有停顿，它滑移在灰玻璃似的天空，而且不停地翻滚着，让阳光把每块云朵的缝隙都晒透……

我想，天空真是一本大书。无字，但是有标点、有图画，它的内容可以说丰富极了，可是又有几个人去认真读它呢？人们每天都忙着低头看路，谁会想起来仰头看天呢？看天的事交给了气象预报，气象预报也只告诉天的脸色，更多的内容谁去注意呢？就算有心去注意观察，又能看出什么名堂呢？从来天意高难问，人生易老天难老。

就这样静静地坐着，挺好。一天当中最好的时光，就这样静静地从身边溜走。寂寞吗？一点也不；恰恰是一些热闹的场合，使我觉得孤独。独处使我充实。"当我沉默着的时候，我觉得充实；我将开口，同时感到空虚。"是的，自从这人世间有了鲁迅，再说的多少话都像是废话了。

人活百岁，算算也不过三万六千日。这三万六千日就等于三万多块钱，经得住花吗？何况绝大多数人没有这么多存款，两三万属于正常，一两万也还凑合，还有更少的，生命的穷人。所以每一天都是珍贵的。有书名曰"一日长于百年"，悲观还是乐观？我反之曰"百年短于一日"，乐观还是悲观？活着喘口气，死了闭上眼。喘气也不能吸光空气中的氧，闭眼也不能关掉人世间的忙。谁走了地球都照转，但是太阳走了而且再也不回来，地球可就惨了。

现在太阳就正在走远，漫天泼洒的银辉正不断地收回，像一个曾经慷慨大度的人变得越来越吝啬。他收捡着自己挥霍无度的银币，渐渐远去，在西边的山头坐下来歇了一会儿，背影浓缩为一枚殷红的印章。

这时是下午近 7 点，中国东部已经天黑了，而西部，西部犹有夕照余光。

2013 年 11 月 20 日

人对不起驴

一

人类真是一种等级观念根深蒂固的动物！不仅在人类当中分着三六九等，即便对待自然万物，心里也分着。那个张献忠虽然不是哲学家，但是他的"七杀令"里的一句话却道出了一个大道理——"天生万物以养人，人无一德以报天！"人吃万物，天上飞的，地下跑的，水里游的，土里钻的，一律通吃，大小不漏。不仅吃，还奴役，剥夺其自由天性，改变其遗传特性，豢养役使，直至其耗尽精力，再吃。

人类才是地球上主宰万物生灵的恶霸！如果万物生灵是"二战"时关进集中营的犹太人，那现在的整个人类就全都是希特勒！希特勒不是极力鼓吹种族优越吗？现在人类完全继承了他的衣钵，认为人类优越，是高等动物，万物之灵，所以其余的低等动物应该被捕捉、奴役、屠杀、吃掉！其实我们吃掉的恰是我们的同宗同族、近亲远亲，千万年前可能正是从同一物种中分化进化而来，都是地球这颗大蛋孵化的生命。本是同根生，相煎何太急。

人确实是对不起万物的，也对不起地球这个家园和母亲，但是，人最对不起的，还是驴——人对不起驴。

二

　　驴是和人关系最近的家奴，但是在人的各种文献中，很少提到驴。可能是因为不值得，人对驴的轻视贱看由来已久。唐人柳宗元的一篇写驴的文章定了调子，那不像一篇文章，简直是一幅漫画，极尽嘲讽、挖苦，丑化之笔墨，把驴的愚蠢、自负、无知渲染得让人过目不忘。

　　驴——首先变成了蠢驴。

　　驴是不是真的比别的动物蠢呢？似乎不是。你看那活蹦乱跳的小驴驹儿，一双大眼睛，明眸皓齿，身材匀称，长耳朵，短尾巴，嘴唇一片白晕，很机灵呀，很可爱呀。为什么长大成驴后就变成了蔫驴、乏驴？耷拉着耳朵，还耷拉得不对称；垂头丧气，踢一脚动一步。驴脾气，死倔死倔，一副好死不如赖活着的倒霉鬼样子。

　　驴的精神状态很不好，既没有人家骏马的昂扬向上、一往无前、马到成功，也没有牛的脚踏实地、勤勤恳恳、任劳任怨，它情绪低沉、悲观厌世，当一天和尚撞一天钟，根本不准备有所作为。它是一副卑贱的、认命的、看破红尘的表情，它对人这个主人不满，有怨气，消极怠工，但又没有勇气正面反抗，没见过驴咬人踢人。但是从驴背上掉下来往往比从马背上，甚至骆驼背上掉下来摔得重。"驴是鬼，摔下来不是胳臂就是腿！"驴个子矮，跑起来没有多少节奏感、协调性，摔下来往往猝不及防，还没有反应过来就已重重落地，不是胳臂断就是腿折！

　　这说明，驴能载人，也能覆人。

苦命的驴，干重活，吃陋食。不受宠爱，当不了宠物；不受尊重，当不了敬物；做的牛马活，没有牛马的地位。动辄打骂，逆来顺受，驴就像个后娘养的孩子，姥姥不疼舅舅不爱，用的时候谁都能想起来，不用的时候谁都想不起来。往院子后面一扔，死不了就行。

驴呀，确实是六畜中地位最低贱的，元朝地位最低的是九儒十丐，驴不是儒，只能是丐。

三

驴虽贱，却也是遍布神州东西南北，哪里也少不了驴。驴是干活儿的苦力，哪里少得了干活儿的？坐船进入贵州的驴一声大叫吓了老虎一跳，虽然最终被识破伎俩让老虎吃了，但毕竟创造了一个"先声夺虎"的弱者神话，以此永垂青史。关中有驴高大整齐，力比骡马，大有"超驴"之势。估计受到的待遇较好，超过凡驴，是驴中的佼佼者。不过，不管待遇再怎么好些，驴还是驴。

在历史上，驴虽然不是史家注意的重点，一不小心还是有一些影像留下来。汉唐是扩张向上的朝代，汉唐人崇马。有马踏匈奴、马踏飞燕传下来，还有唐人的昭陵六骏，那是一个"铁马冰河入梦来"的时代，一个"为嫌诗少幽燕气，故向冰天跃马行"的豪迈时期，所以唐诗少驴。

但是到了宋，经济文化繁荣，丈夫气弱，驴出来了。你看那个《清明上河图》上，驴多马少；你看那个宋朝的英雄陆游，"细雨骑驴入剑门"。可不可以说，"汉唐马精神，宋明驴脾气"？不管怎么说，驴也是一个朝代的象征呢。

驴是平庸之辈，但平庸之辈就不该受到尊重和善待吗？人里面大多数人也只是平庸之辈，真正能创造历史、改变历史的只是极少数，而他们之所以能够创造历史，最重要的原因是他们理解、顺应了绝大多数人的梦想和要求。所以驴，又是任何一个时代的平庸草民的象征。草根人物，底层小民，尽似驴之生存状况。

四

忽忆南疆之驴，天山南麓喀什、和田、阿克苏的广阔农村，正是驴，支撑起、驮载着当地维吾尔农民的绿洲生涯，至少有上千年的历史。那里，每一个县都有数万头甚至更多的驴，而人，只有几万、十几万，最大的县几十万人。那里的驴矮小、坚韧，看起来有些幽默，著名的智者阿凡提骑的就是这种驴。这种矮小的小毛驴看起来要比高大整齐的关中驴更像驴，更具灵性因而也显得更有文化感。机敏的画家黄胄一眼就看中了这种可爱的小毛驴，捕捉住了它的形象。维吾尔红衣少女和小毛驴，构成了国画中的新笔墨；而黄胄自己也被打成了"驴贩子"。

更多的时候，小毛驴驮的不是轻盈美丽的少女，而是体重一百公斤的胖大汉。大汉两腿几乎垂地，毛驴四蹄颤抖，驮着比自己重得多的人，奋力前行。更多的时候，一头小毛驴拉着一辆架子车，车上铺着毯子，毯子上坐着一家人，去赶巴扎。一个村、一个乡的人家都去赶巴扎，毛驴车互相连起来，只需前面的一家赶车，于是形成了南疆特有的"毛驴车火车"。驴就是这样，像蚂蚁一样超负荷地、勤恳无悔地为人类工作，为什么不应该对它们的生命给予应有的尊重呢？驴自然不会对人提出"自由、平等、博爱"的要求，但是驴的眼睛大，它看见了人是怎么对待那些受宠的动物的，这会很伤驴的心。同样是造物主创造的生灵，怎么相差就那么大呢？驴会这样想：那些宠物究竟为人类干了啥呢？不就是长得怪点，所谓时髦吗？凭什么驴的拼命干活也比不上宠物们的乖巧讨好呢？

驴不知道，时代变了。

驴更不知道的是，人类的等级观念根深蒂固。人吃不饱肚子、受苦受累的时候，认识驴；人一旦过上了好日子，一享福，就把驴忘了。

<h1 style="text-align:center">五</h1>

别看驴的命运如此可悲，别小瞧它，它的生命力却异常顽强。它发起情来吼声如龙，简直想不到那矮小的身躯竟能发出如此振聋发聩的巨响。驴还长了一副不合比例的大锤子，俗称"驴件"，竟能与马交配生骡，亦算乱伦了。

80年代刚有电视不久，某陕西老农看见电视里主持人手举话筒采访县领导，气不打一处来，指着电视说："喂尻坏得很，手里拿个驴锤子，硬往领导嘴里塞！"

驴因为这个常常暴露在光天化日之下，远看像多了一条腿，显得滑稽可笑，得了淫荡的恶名。驴因此更抬不起头来。70年代南疆喀什某农村有配种站，养有彪壮种公马。逢时便有周围维吾尔族农民牵自家小毛驴来配种。那种公马，牵出如同出笼猛虎，跳跃腾踢，雄骏不可一世！而那些小毛驴，矮小瘦弱，背骨突兀如刀；整日劳累，无精打采，垂头丧气，呆立场中。这种"相亲"的场面的确和爱情毫无关系。

那马昂首长嘶，直立压下，小毛驴当即被压趴下。农民们一人抱一条腿，替它撑起来，四条壮汉等于把驴凌空托起，七手八脚，勉强配了。那驴，始终呆滞麻木，毫无兴致，如死一般。这时，你就知道驴是多么可怜，它在繁衍后代这样的大事上，也没有自主权！它就是这样被剥夺了全部生趣，活成了行尸走肉。

以后，它会被宰杀，一头驴只值七元钱，驴皮比驴肉还贵些，驴肉不值钱。驴的一生就这样结束了，它贡献了一切，却一文不值。

六

驴就是这样一代一代成了"被侮辱与被损害的"，干着重活，吃着粗食，背着恶名，它的生存毫无改变的可能，但它还是顽强地生存着。臧克家有一首诗写老马的悲惨处境，"眼前掠过一道鞭影，它咬咬牙又向前走去"，其实这更符合驴的状况。

真正把驴当驴的——不，把驴当一个平等生命对待的，是那个西班牙诗人希克梅特，他写了优美动人的《我和小银》。小银是谁？不是邻家少女，而是一头驴的名字。在这里，第一次赋予驴以平等的生命尊严。

驴当然是看不懂的，更不会捧着这诗篇高声朗诵——当作解放驴奴的宣言。驴不知道，时代又变了，一部分人类已经在检讨自己，反省自己的所作所为，意识到人与自然万物平等共存正是人类自身生存的必要条件。人类正在学会理解各类生命，人的审美眼光也变得更宽泛、更包容了。

这些正在影响着更多的人，人开始认识到自己对不起驴了。"天生万物以养人，人应万德以报天"——张献忠的那句话，应该这样改一改了。

　　人嘛，既然是最强大的，既然是地球的主宰，那就应该更悲悯、更仁慈地对待别的生命。人不应该是希特勒，而应该是佛。人心是佛的时候，地球才能成为极乐世界。那位最早被人嘲笑的"走路怕踩死蚂蚁"的人，他是谁？其实他正是佛。佛在人间，拈花微笑。

大毛拉摆擂台

这个冬天是 2012 年的冬天，虽然都是冬天，却与往年的大部分冬天不同。冬天总会下雪，这个冬天的雪下得有些奇怪，太多了，太厚了，似乎要填满这座城市，一眼望过去，天上地下一片白，家家都在雪中埋。

这种时候，独坐廊下，一盒烟，一壶茶，静静地隔一块大玻璃与这个厚墩墩的天地相望，仿佛无碍地与它相处，自己就像一个会动的雪人。这种时候，我是多么宁静，像雪花落地有声时凝冰的平静湖面；但是我的思绪纷飞游动，像冰湖水下的游鱼，往来倏忽。谁也不知道它会游向哪里，我自己也不知道，一个人的人生记忆也像这片结了冰的湖底水域一样，各种各样的人与事，静静地待在那里，等着你那条思绪的鱼去触碰、点击。

毫无缘由地想起了大毛拉，想起了 20 世纪 60 年代的第三年发生的这件稀奇事。新中国成立以来独此一桩的稀奇事，大毛拉摆擂台。摆擂台是古代人干的事，英雄豪杰、壮士高人都具有古典时期伟大的个人主义英雄情怀，擂台之上，自报家门，任你谁来，打遍天下无敌手，扬名立万。问题是1963年不是古代，而共产党一贯反对个人英雄主义，极端厌恶个人主义，竟然在边城首府乌鲁木齐的南门体育场公开为全国摔跤冠军（民族式）大毛拉摆了一场擂台，所以说是稀奇事。在此之前，并无先例；在此之后，绝无余响。

这件事还有一点特殊的背景，使之具有了一种特别的轰动效应，在青少年当中流传甚广，特别激发无知少年的好奇心。据说这位从南疆伽师县走出来的摔跤手大毛拉，获得全国摔跤冠军，成了运动健将。那时候"运动健将"可不是闹着玩儿的，很少有人能获此称号。正当大毛拉英名处于巅峰状态，他犯错误了。犯了当时的大忌"作风问题"，正是"英雄难过美人关"啊，大毛拉也没过去。组织找他谈话了，准备把他打发回伽师县。据说大毛拉二话没说，只提了一个要求，临走前在南门体育馆摆三天擂台，竟然答应了。消息不胫而走，传到我们这些中学生耳朵里，我们院子里这一伙，什么赵北赵南啊，什么亚军亚波啊，还有周家四兄弟，全都蠢蠢欲动，必欲观之而后快。

那时候摔跤在新疆是比较盛行的，摔跤队那些壮汉，赛力克啊，成鸿雁啊，拉孜，大毛拉啊，个个都像明星一样，是我们崇拜的对象。那时候我们十六七岁，崇拜力、肌肉、身躯和武功，对思想、境界、修养之类的名堂还顾不上。阿尔泰草原来的哈萨克人赛力克，熊一样孔武有力，他从小抱小牛犊子练力气，小牛长大，他也长大，一头大牛照样抱起来。那个俄罗斯混血的成鸿雁，国际式摔跤全国冠军，健美强壮，体育无所不能，冬天滑冰亦如离弦之箭……有一年见他和一个黑衣艳女并行于街头，听说结婚了。没多久，听说去世了，吃什么噎住窒息死了，还很年轻。英雄有英雄的死法，与众不同，只是……十几个小伙子一齐上也不是他对手啊，怎么会死了呢？拉孜有些像李逵，装傻充愣，黑而幽默，经常出洋相。他就像个维吾尔族的李逵。

大毛拉的脸铁青，刮胡子刮得。他平常沉默寡言，像个中东的政治家，很有尊严感；中等个子，看起来并不很壮，比普通人壮一些，结实，铁铸的一样，身体里蓄满了爆发力。有时在拽扯之间露出一节臂膀，他的皮肤苍白发青，宛如戈壁上的白石头。现在他站在铺了体操垫子的场地边上，他等着周围的人报名上阵，他显得不焦不躁，耐心平稳，并无小说里写的那些擂主的骄横跋扈之气。

那时南门体育场刚盖起来，还没完工，场馆和看台只是一片水泥台阶围着一个水泥场子，盛况难再也只是来了一两百个观众。大毛拉的告别擂台就这样开始了。大约有五六个人报了名，有侦察兵，有六道湾煤矿的矿工，还有几个市井狂徒。印象较深的是那个矿工，有两下子，不畏强手，敢拼敢干，虽以2∶5不敌落败，毕竟让全国冠军输了两分。大毛拉最后和他拥抱了一下，拍拍肩膀，表示赞赏。侦察兵输了六跤，赢了一跤，也不能敌。其余的均不是对手，全败而终。

这时候冷场了，无人敢上了。

这太让我们失望了！难道民间就真的没有高手奇人？就没人能和大毛拉旗鼓相当地较量一番？我们甚至搬出来鲁智深、武松、浪子燕青，希望那些宋朝的好汉跳出来，在人群中一声高叫，让大毛拉见识见识！正说间，忽然听得身后真的一声高叫"我来了！"。

真不敢相信自己的耳朵，以为幻听呢。扭回头望去，台阶高处果然有一人高举着右臂，哈哈！高人来了，奇迹出现了！在场的人都欢呼起来，沉闷的冷场被打破，好戏即将上演。这个人果然不负众望，一身短打扮，有些像京剧《三岔口》里的角色，他干脆从场外一个空心跟斗凌空飞进场内，"好！"爆起一片喝彩！

他进场后，主持擂台的人介绍了，好像是个练武术的高手，什么门派的传人。然后活动活动，热身，他又是一连串儿的空心跟头，他像车轮一样在空中翻滚，矫健极了。相比之下，同样在热身的大毛拉就显得笨拙、僵硬，没多少花样。

大毛拉也感觉到了，他将面临严峻挑战，这时大毛拉的脸上掩饰不住地现出一种尴尬的表情，就像竞选的政治家意识到失去选票时的表情。人们的心理是厌倦平淡盼望出奇的，武术高手的叫板上场给了人们极大的可能性。气氛骤然热烈起来，一旦奇迹发生，所有在场的人都将拥有一次身在现场的荣幸。

那个高手——名字没记住，就叫他"三岔口"吧，看起来信心满满，很有一点"不破楼兰终不还"的英雄气概，不时向场外挥手致意，必胜是有一些把握的。

比赛开始——双方都相当谨慎，试探，佯攻，躲闪，寻找破绽，像一对斗架的公鸡，窥测时机。还是大毛拉先出手了，可能用力过猛，两人都倒了。

观众们有些遗憾，三岔口不应该倒啊，大家说，可能体操垫太软，不习惯。

再摔。

这次大毛拉一出手先用右手钩住了三岔口的脖子，他挣了几次，挣不脱。大毛拉的手臂像熊掌扳住了羊脖子，趁势向前一使劲，三岔口跌跌撞撞跑出去七八步，收不住，一个狗吃屎。

"唉嗨——"场外一片同声叹息。

爬起来再上，妈的，又让大毛拉扳住了脖子，笨蛋，你他妈的那个脖子是咋长的？又拼命往后挣，这回人家一松手，他又来了个仰八叉！

现在知道防脖子了，尽量把脖子靠后些，却没小心脚底下，让大毛拉又一脚踢翻了！

"日你个妈的，这是个啥尿人嘛！"场外开始骂起来了，"哪是摔跤嘛，那是摔鸡娃子呢嘛！"

大毛拉几个回合看穿了这位虚张声势、花拳绣腿的武林高手，干脆双臂抱在胸前，亮出后腰，站着不动，任凭三岔口从后身抱住，以其为轴，顺势转动；那家伙费了吃奶的力气左摇右晃，这棵大树就是不动分毫，脚下一磕，三岔口又飞去了。

"丢你的先人去吧，回去和你老婆摔去吧！"场外已经高声叫骂了。

可是人家三岔口偏偏不依不饶，屡败屡战，不怕丢人现眼。可能他心里默念的是什么"勤能补拙"啊，"哀兵必胜"啊，"笨鸟先飞"啊之类的格言，不肯认输，一再上阵。直到大毛拉后来不动手脚，一个假动作，把他吓得闪倒。

最后的结局是大毛拉以 16∶0 获胜。那个三岔口还要摔，主持擂台的人把他劝下去了。场外的人喊："你才三岁，等你长大了再上吧！"全场哄堂大笑，大毛拉还是像个中东政治家，没有笑。

1963 年的大毛拉就这样离开了伟大的乌鲁木齐，离开了他的角斗场，用这个擂台谢幕了。从此回到他故乡的那个南疆小县，尘土飞扬，默默无闻。他后来是怎么生活的，他的内心经历了些什么，没人知道，总之他消失了。十多年后，那场擂台的热心观众当中的一个中学生，上完了大学，分配到南疆的喀什，在地委机关当干部。

有一次他下乡到了大毛拉那个县，打听到了大毛拉工作的县体委，他去了，想再看看大毛拉。体委的主任、副主任非常殷勤，他是上面来的。他看到大毛拉了，穿着普通的干部服装，被两个主任、副主任指使得跑来跑去，一会儿搬凳子，一会儿倒茶水，像个饭馆里跑堂的，脸上堆着笑意，毫不在意领导居高临下的生硬口气。他看出来了，这个昔日的"中东政治家"，正在失去尊严感。

他心里有些隐隐作痛，但是再一想，杨志、武松在官府里当差求活路时，不也是对上司一口一个"恩公"吗？自古而然，虎落平川被犬欺，掉了毛的凤凰不如鸡啊。但他还是不服这口气，自古而然就是应该的吗？他最后当着大毛拉的面对两个体委领导说了这样一番话，他说："你们算什么啊，只不过是苍头小吏，他——大毛拉是人物，那是大英雄啊，千万人里不一定出一个的大英雄！善待人家吧，也算对得起那个五千年的文明！"

两位领导听了，愣住。那表情是"怎么不对路啊"。

又过了四十多年，他奔七十岁了，独坐廊下。吸着烟，烟云蒙绕，品着茶，茶气氤氲，静静地隔着一块大玻璃与这厚墩墩的天地相望，几十年仿佛无遮无碍，近在手边。他想，大毛拉若是还活着，也该奔八十岁了。应该还活着吧，他那么结实，宛如戈壁上的白石头。

四种树

绿洲白杨

有绿洲必有白杨，白杨似乎是绿洲的指示牌。"高高的白杨排成行，美丽的浮云在飞翔。"这是王洛宾唱过的白杨。还有沈雁冰写过的《白杨礼赞》，那是一篇妙文，写出了新疆白杨独具的品格。

它是团结的象征。

在它笔直的主干上，所有的枝条紧密围绕，纷纷向上，决无一枝旁逸斜出。它紧密围绕主干的目的，是为了抵御风沙，它懂得，不团结就不能生存。

它只能横站成排，像临阵的士兵；竖立成行，像出征的队伍；腰杆挺直，像伟岸的勇士；枝臂收拢，像欲飞的大鹰。它没有办法去"疏影横斜"呀，因为绿洲是危地；它没有条件去"暗香浮动"，因为风沙常袭来。

在沙漠的边缘，绿洲是这样一种存在：它脆如花蕾，薄如蝉翼，美如梦幻，坚如围城。

围绕并保护它的，就是白杨。白杨如不具备这种团结向上的品格，行吗？

有白杨才有绿洲。

戈壁红柳

在植物的族谱上，红柳的确是太不名贵。它是既不名，也不贵，地道的草根一族。草木中最普通、最低微的劳动者。

然而所谓的"名"和"贵"是植物原有的吗？不是，是人类社会根据自己的判断制定的。"名""贵"是人眼里的，不是自然本色。

但红柳是奉献精神的实证。

你看，在草不能绿的戈壁，它生根；在花不肯开的戈壁，它成长。它不祈求雨，也不巴结风，它相信自己的适应性和坚韧性。红柳简直可以称得上是一个伟大的无神论者，它说："从来就没有什么神仙皇帝，一切全靠我们自己！"

正是这样，在茫茫戈壁，红柳与风较量，狂风把一团红柳连根拔起，吹得团团旋转，像一只满地乱滚的刺猬。后来风停了，红柳落在哪里，就在哪里重新扎下根。它等待一场雨。

不管多久，只需一阵雨，红柳就能长成一头骆驼！多么高大，多么漂亮，这是红柳吗？没错，正是它，一棵、两棵、一万棵、一百万棵，正是它们把戈壁变成了绿色海洋。

当它死了，人们挖出了它的根——巨蟒一般深深扎入土地的深褐色块茎，非常结实，非常耐烧，人们看到了它的骨头。

它用自己的骨头在戈壁上写下了格言：地球上没有应该遗弃的地方，只有可能被淘汰的物种。

天山雪松

"一池浓墨盛砚底，万木长毫挺笔端。"这是郭沫若先生当年留在天池的诗句，以小喻大，以近喻远，诗之技法。

天山雪松确实是高大的，遮天蔽日，苍茫无际。只有它，配得上绵亘一千六百公里的大天山。然而它也只能算是天山身上的丛丛汗毛。

雪松是高贵化身。生在山的怀抱，长在雪的沿线，看哪，挺拔，傲岸，雄健，有型！这些群峰间的美男子、风雪中的伟丈夫，站得高，所以挺拔；境界大，所以壮美。

远离了尘世，但并非为了当隐士。隐士是孤独的，而雪松是站满峡谷阴坡，如同列阵待命出击的长矛骑兵。在山谷间，它们聆听着风和脚步，有献身精神，不时为尘世输送上好的木材。

冬日大雪之下，雪松银装素裹，连睫毛上都挑着雪花。这时候，那才叫庄严肃穆，仿佛这些高大的骑士一瞬间变成了沉思的哲人。静静的，没有一丝风，一声不小心的咳嗽，都可能引发雪崩。

它们在思考什么？这些伟岸的思想家。思想在雪线上应该更纯净，更浑远，更包容。

它是不是应该成为一种表率呢？是不是未来这块地域上人的典范呢？新疆人应该长成雪松那样才好。

沙漠胡杨

从某种视觉效果上看，沙漠和大海差别不大——都一望无际，都波浪起伏，如此，在沙漠之海上，那些密如进港船桅的，是它们；还有那倾斜如将欲沉没的船只的，也是它们。

胡杨胡杨，宇宙洪荒；

胡杨胡杨，千古流芳。

它就住在"死亡之海"里，奇怪的是，它比谁都活得久长。可以说它是在死亡的怀抱里获得了永生，这真是一个伟大的逻辑。

这些大片的胡杨正在这块无人问津的荒原上空度岁月，纵有千姿百态，无人观赏。时光的足迹留在它们身上，不少高大的胡杨中心已成空洞，但伸展向四方的枝叶依然绿意蓬勃。

它死了，它活着。

在它一身之上也许叠合了祖孙数十代、数百代，上一代的尸体就成了下一代的土壤。它这样延续，它这样存在，它这样与漫长的时间对抗，以求不朽。

终于，人们认识了它，仿佛重新认识了生命的刻度。它在时间里的刻度是这样："活一千年，死而不倒一千年，倒而不朽一千年。"

2010 年 7 月 5 日

一个人与一群人

我与共和国年龄相近，共历风雨，同经患难，时光飞逝，恍然六旬。虽然年龄相近，但共和国正值青春，风华正茂，前景无限；我却满鬓华发，步入晚年，此时面对的人生，如金秋一片已被收割的田地，只留下了一片麦茬、几头麦穗，虽然如此，每每想起那些庄稼的每一滴雨露都来自共和国这片天空，每一份营养都由这个母体所提供，顿觉无限欣慰。

在这片天空下，有一个人和一群人，一直站立着，审视与充实着我的人生。

这个人就是鲁迅，这群人就是那些开国者。

二者俱为战士，一为精神的，一为战场的。

鲁迅先生，一介江南文弱瘦小书生，偏横眉冷对，怒向刀丛，向愚昧、不公、邪恶、野蛮宣战。他面对的不是哪一个政党、哪一种主义，对有碍民族进步者，他"一个也不原谅"。他所要伸张的是人间的公理，所张扬的是一个战士无私无畏的精神气质。

我一生景仰先生，说过"谁辱鲁迅，必欲杀之"的狠话。众多经典中，我读先生最多。他是百年来中国知识分子的榜样，是中华民族优秀文化血脉的传承者，是中国的良心，是民族的硬度。他影响了我的精神气质，从不间断地给予我人格的力量。

　　这一群人，有开国元勋，有老红军、老八路，有些是我从书中了解的，有些是我接触过的。我生于战争年代，穿行于烽火之中，颠沛于鞍马之上。我一出生闻到的就是硝烟味，接触到的就是军人气。当年这支穷人的队伍，其成分也绝大多数是穷人。其中很多人来自社会底层，目不识丁，莽鲁愚钝，被苦难所迫，扯起战旗，但在残酷斗争中百炼成钢，在革命洪流中激流勇进。他们在马背上所向披靡，乃一代名将，下马后则直接进入党政军领导岗位，成为新中国的建设者，练就了"上马惯征战，下马能治国"的卓越才能。

　　中国现在的社会制度是在现代文明洗礼下，历经的一次全新的、彻底的改造，六十年间，历经坎坷，现在回顾，方知其艰辛，方知其经验之可贵。这群人给予我的，正如朱苏进所说，是一种聚集在他们身上的，"东方的、民族的、党性的、血缘的精神内涵"。

　　无论是鲁迅这个人，还是开国的这一群人，他们给予我的，都是一种战士的品格。我相信，无论是一个人所树立的精神风范，还是一群人所给予我们的精神内涵，在共和国六十诞辰之际，都更加凸现出其无比珍贵的品质。

明月文

——写在 2008 年的中秋

　　那一轮月亮果然是越来越圆了，它的圆满就像一个句号，结束了四季中最好的时光。春之蓬勃，夏之绚丽，秋之烂漫，至此宣告结束，"此情可待成追忆，只是当时已惘然"。随之，将面对暮秋的肃杀和寒冬的凛冽。

　　月亮的提醒当然非常重要，人们不能无视这一天的存在。从古到今，中国人对月亮的变化都十分敏感，而这敏感又渐渐培养了独特的心理，这心理是细的、柔的、感伤的、内敛的，中国人选择了这一天像蚕吐丝一样，把轻易不肯吐露的心思，拉得很长很长——"江畔何人初见月，江月何年初照人？"这轻轻一问，看似漫不经心，却一下把思想的触角伸向了远古洪荒，一下就追问到了人类的源头。陈子昂在白天想到过这些，他意识到自己的短暂，"前不见古人，后不见来者，念天地之悠悠，独怆然而涕下"。李白也明白"夫天地者，万物之逆旅；光阴者，百代之过客。而浮生若梦，为欢几何？"，他甚至想纵身而起

"欲上青天揽明月"。

这些唐代的中国人在千余年前就想到了这么远、这么深，既是瑰丽的想象，又是科学的命题，这说明中国人对现实生存的超越性自古而然。

因此，中秋这个节日的诞生便顺情合理。可以说，中秋节是一个全民族的诗的节日，"天上一轮才捧出，人间万姓仰头看"，世界上哪里还有如此凝聚人的心思的节日呢？别的节日都热闹，唯有中秋节，静远。约定俗成，中秋节是不能放鞭炮的，别的节日放鞭炮是造气氛，中秋节放鞭炮是煞风景。

那一轮月亮确实是越来越圆了。

因其圆满，反倒惹出些人的伤感。这时候，伤感是一种难得的、美好的情绪，是思念，是怀旧，是静下心来对自己一生的反思和总结。这些美好的情绪都天然地带有感伤的情调。"长安一片月，万户捣衣声"，是感怀；"访旧半为鬼，惊呼热中肠"，是伤感；"月出惊山鸟"是静；"露似真珠月似弓"是巧喻；只有李白那"明月出天山，苍茫云海间。长风几万里，吹度玉门关"毫无伤感之意，一出手，写月亮也是万里横空出世的气魄！

但是不管怎么说，唐朝的大诗人没有不寄情月亮的，一本唐诗，处处见月，虽说各有各的写法，各有各的寄托，却是个个身上沐浴着月轮的光辉，处处闪现着月亮赠予的灵妙！

最令人费解的是，以大唐国力之盛、疆域之广，唐诗里竟无一首写太阳的、歌颂太阳的，似乎太阳就根本不存在，"月上柳梢头"才是人间最美好的时刻。

那一轮月亮正在白莲花似的云朵里穿行，云动疑是月在行，云破月来花弄影。可以有一丝风的清凉，但风不能大，风一大便不是中秋良宵佳地。恰恰是中秋这一天，很少有月黑风高夜，这也是天意独怜人间燥热，降下这一片清凉和圆满。

最好有三五良朋，一石桌，几藤椅。一壶老酒须温热，撒一撮姜丝。要有一碟花生米，茴香豆更好；一罐凤尾鱼，一盘大闸蟹，再加上一些果品。不求醉饱，但营情调，故万万不可端上来一大盘手抓羊肉，煞了风景。"碧云天，黄花地，西风紧，北雁南飞。晓来谁染霜林醉？总是离人泪。"真可谓秋之伤情处，不过还有更伤情的，那一番"今宵酒醒何处？杨柳岸，晓风残月"，就更将人生的落寞凄凉、心无系处突兀地暴露在典型情态之下。唐以后，宋朝明月愈转华美凄清，这一脉相传的明月情结，已经明白无误地揭示出中国文化中的柔性倾向，即便豪放如苏东坡，高唱"明月几时有？把酒问青天"时，也还是问的明月而不是红日。

那一轮月亮此刻正高悬夜空，如同宇宙间唯一的一盏华美的路灯。谁也不觉得那光明是反射太阳的，只觉得那清光是它自身独有的；它不炽烈，不耀目，使人可以沐浴那光明，直视那月轮，月之光明，亲近可人。"月光如水"，那是无声的低语，是母亲慈爱的目光，是打乱了星星的诗行后醒目的句号，是云朵的和声伴唱下突出的主题曲。

中秋之月是如此祥和圆满，每年一望，心便升高。凌空蹈虚，羽化登仙，时间空间，宇宙凡尘，回首人生，沧海一粟，能有何持，小看天下？望月使人清静，赏月使人见远，拜月使人谦虚。一轮明月之下，什么样的愚钝不可启悟？什么样的狂躁不可消弭？什么样的争执不可化解？人之愚，之躁，之执，皆因短浅狭隘。君不见，"黄尘清水三山下，更变千年如走马。遥望齐州九点烟，一泓海水杯中泻"。月亮不仅一直这样陪伴着我们、关照着我们，而且不断地提升了我们的目光、拓展了我们的心胸。我们已经完全习惯了月亮，习以为常，以为理所当然，从来没有人想到过，假如宇宙间从来没有月亮，人类将生活在何等蒙昧的万古漫漫长夜之中，而那将是多么难以忍受的黑暗生存!

幸亏，我们有月亮！

"星垂平野阔，月涌大江流。"

也正是因为我们懂得了珍惜月亮、感恩月亮，我们才有了中秋节。中国的古代神话有"射日"之说，后羿射日，可见于日有恨，至少是爱恨交加；还有"逐日"之说，夸父追日，中途渴死，"弃其杖，化为邓林"；只有月亮的神话是最美的，"奔月"，嫦娥奔月，唯有美丽的嫦娥配得上月亮里的宫殿，广寒宫。她在月光下无翼而翔升，裙袂飘然，兔为玉兔，树是桂花。西方推石不止的西西弗斯神话，在这里变成吴刚伐桂，砍了又长，东西方神话形不同、神相似。

神话之所以是神话，就因为它太神了。在那样远古的人头脑里演绎出的故事，竟神奇地预言了千万载之后的人类行为——今天人类正在登月，只不过不是携带兔子而是带着小狗。关于太阳的神话，在今天也实现了，那就是原子弹、核弹，每一颗原子弹的爆炸，无疑是在大地上升起一轮裂变的太阳火球，后羿要射落九日，解除生民之苦难，也完全符合当今时代的现实。我们不要千千万万个带着核弹头的小太阳，但是，我们要一轮永不污染的月亮！

月亮总归是不老的。千万年来，一代又一代看见过月亮的人，都老了，都死了，只有月亮，仍在高悬。"一钩已足明天下，何况清辉满十分"，清辉未减，容颜不老。那月轮上隐约着的团团阴影不是老年斑，而是月宫参差错落，月亮的美容术万古不朽。

设想一下，那些终生仰望明月，看着它盈缩变化，产生过无限遐想悠思然后死去的人，肉身寂灭，灵魂是否可以奔月？或者虽不能奔月却化作一缕云影环绕在月之旁也好？因此，不能不羡慕那些留下优美诗句的人，他说了"露从今夜白，月是故乡明"，他虽然早就死了，但谁敢说他真的就完全死了呢？

不朽的诗传诵了千年，已化为月光中的一缕，因而那诗人的心思，千年以后，还鲜活着。真是"我寄愁心与明月，随君直到夜郎西"。

谁是有心人留意去统计一下呢？千百年来，有多少古代诗人留下月亮诗篇、明月佳句？

"回乐烽前沙似雪，受降城下月如霜。"
"碛里征人三十万，一时回首月中看。"
"从此无心爱良夜，任他明月下西楼。"
"淮水东边旧时月，夜深还过女墙来。"
"二十四桥明月夜，玉人何处教吹箫。"
"晓镜但愁云鬓改，夜吟应觉月光寒。"

当然，还有"鸡声茅店月，人迹板桥霜"。还有"明月松间照，清泉石上流"。还有，还有，很多、很多。

到这里，突然明白了：那轮月亮，那轮"幼时不识月，呼为白玉盘"的月亮，正是一颗高悬碧空、心迹朗朗的中国心。中国人的风韵，中国人的审美，中国人的情态，全在那轮月亮的涵盖里，一句话，中国的古老文化是月亮文化。

敏感、伤怀、阴柔、内敛、细腻、多情。光不耀眼而持久，力不扩张而长存。"月有阴晴圆缺，人有悲欢离合"。唐宋元明清，不但有缺，还曾有蚀，但是月亮坠落过吗？它只不过是绕了一个圈儿，第二天又轮回过来，恰当中秋，愈显皎洁。

其实，我们最大的文化遗产不是别的，而是对月亮的理解和领悟，是我们独有的中秋节。中国人用几千年时间积累、演绎的月亮文化，内容之丰厚，内涵之深广，才是奉献给全人类的一份宝贵遗产。

"但愿人长久，千里共婵娟。"人是全人类，千里是全世界。相信中国的月亮文化会被越来越多的人接受，因为——在全世界的任何角落都能看到月亮，月亮是人类共同的语言。

"月亮代表我的心"，我的心是中国心。中国心在 21 世纪有了伟大的升华，那就是：同一个世界，同一个梦想。

　　　月之明明兮，我心敞敞；
　　　月之盈盈兮，我心荡荡；
　　　月之遥遥兮，我心恍恍；
　　　月之临窗兮，我入梦乡。

论写作

　　写作是一件寂寞的事业。如果能称为"事业"的话，那也是各种事业当中比较寂寞的行当。写作是个体的，独立的，它没法子找人帮忙，也依靠不上任何团队的力量，只能靠自己。默默地，一个字一个字去完成，像个砌砖工。没有极强的心力，哪怕是虚幻的心力的驱使，任何一种重要的写作的完成都是难以想象的。

　　既然如此，为什么世上还有那么多写作者投身此行呢？我以为，是自由，心灵的自由，创作的自由，迷住了他们。哪里还有比这更自由自在自主的事呢？一沓稿纸，一支笔，可以天马行空，也可以夸父追日；可以歌哭笑泪，也可以穿越时空；可以风花雪月行云流水，也可以打碎了泥团重新捏弄一个世界……所以说，文学固然寂寞，但是自由拯救了她。自由给了她生命，给了她无穷的魅力，给了她永不衰竭的力量！

　　尽管如此，文学仍然是寂寞的。没有鲜花，没有掌声，没有明星光彩照人的容貌，没有官员前呼后拥的气势，也没有人家巨商一掷千金的豪阔，这些也都罢了，最致命的寂寞不是这些表面的浮华，而是，听不到回声。你的心血，你的呼唤，你的美，像蒲公英一样被风吹向远方，你看不到它在哪儿落地、生根、开花、结果，它们发表了，出版了，也就飞走了，不见了。你怎么能知道它落在谁的手上？又怎么能知道长在了谁的心里？你怎么能知道它在另外一颗心灵里产生了多么大的能量？不知道，几乎不可能真正知道。轰动只是一种假象，评论大部分是些非常规范的客气话，真正感人的回声基本上是听不到的，而历史公正伟大的回声，是你生命的长度所不可能抵达的。

这就是文学。这就是文学的寂寞。从文者因而也就是自觉或不自觉的殉道者。开始时，许多人是因文学表面的名利所诱惑，之后渐渐深入，便鄙弃了那点小名小利，逐步成长为信徒和殉道者。舍弃浮名，得大自在；享受寂寞，得大欢乐。格局渐大，出手必是雄文；器宇开阔，吞吐自呈虹霓。到了这番境界，文学的寂寞还成什么问题吗？真正的文化创造者理应不求回报！

第四辑　　文学码头

说文人

我不喜欢"文人"这个称呼，与这个词相比较起来，我偏爱"智识者""天才""才子""诗人"这样一类说法。

"文人"这个词也许当初并非有什么恶意和贬意，我猜那原意可能是指"有较高文化教养的人"。但是沿袭嬗变、时过境迁，随着社会风尚和各种体制的演变，这个词在今天的生活中已经含有复杂难言的内容——这是为数不多的那种含义不明的词之一，敬意和恶意难辨，嫉恨和嘲讽共生。这个词使人和人之间拉开距离，产生非同类感，进而把你从人众中分离出去，让你变成一种孤立的怪物。

怪物也罢，如果是高翔于芸芸众生之上的拜伦、普希金，那人们只有仰视灵杰的份儿。恰恰相反，"文人"由于文化等级的不同，而为大多数人所陌生、不可理解，同时还因此滋生出深刻的忌妒与轻蔑。

古人就有"百无一用是书生"的说法，这话也许是某个书生的自嘲，结果偏偏这句诗被群众迅速接受了，流布成为一种社会眼光。发展下来，今人就有了"书呆子""文人""臭知识分子"之类的说法。

现在，当一个人说你是文人的时候，潜台词就是在说你除了舞文弄墨，其他什么事也做不了；当一个人自称他是"大老粗"的时候，言下之意就是他除了不屑于烹文煮字，干什么都行，从政当官、领兵打仗、经商理财、跑腿办事，样样行。

"文化多了是人生的一种负担"，这是现今一种活得比较透彻的说法。这样看来，文人就是属于那种全身上上下下、里里外外背满了这种负担和累赘的人。这话有没有一点道理呢？我想至少有两方面的理由在，一是文化如同万物，有其益也有其害，智者可以得其神，遨游于大自然；愚者难免受其困，拘于绳墨，拜倒偶像，丧失本性，学步邯郸未成而忘记原步怯怯不能行。

此为万事万物之共理，何独怪怨于文化耶？难道因噎废食，就可以提倡不要文化吗？

其二是文化虽不是一种负担，但却是一种禁忌，它的确无时不在提醒、警戒人们的社会行为和内心意识，提醒人是人，警戒人不能成为麻木的奴隶和丧尽天良的恶棍。从这个意义说，文化是一种负担，它让人不能像一个无知者那样肆无忌惮，也让人不能像某些恶愚之徒那样自私贪婪，为所欲为。

只有在一个没有文化的群体中，"有文化"才会成为弱者，文人才会成为"百无一用"。但是，在一个半文化的实用主义群体中，文化仅会成为装饰、道具或武器，文化还会变成敲开利禄之门的敲门砖，敲开之后，立即露出赤裸裸的贪愚本相，比没有文化还可憎。

所以成为文人是一种不幸，不幸在难免孤独，难免少有同类，难免在沙漠中遭到砍伐——像一些树。但同时又是一种大幸，因为它毕竟是一棵树，一棵向着无限天空直立生长的树，而不是沙粒。

真正的树在沙漠中虽遭砍伐或欺凌，也决不会向往把自己变成沙的，就像沙漠里的胡杨林——活一千年，死而不倒一千年，倒而不朽一千年。

胡杨这样的生命，何等顽强伟大。

如果从等同于胡杨这样的意味上来理解文人——"有较高文化教养的人"的话，我觉得这个称呼可以接受。但总的来说，我还是不太喜欢这个词。

屁词。

1996 年 10 月 16 日

读名著

　　有一个朋友开玩笑说:"书已经被我读光了,我现在没书可读,只好读《电工手册》。"其实我也有过这类玩笑心理,甚至认为许多历史上的伟大作家都过时了,他们的时代与我们今天格格不入,而他们的书装帧精美,内容冗长,只配装点附庸风雅的书架了。

　　今天的人谁还有心读那些呢?我想,包括《战争与和平》那样的不朽之作,尽管肯定不朽,但是有几个人还乐于一个字一个字地往下啃呢?看几部电影已经满足了。还有普希金的诗——人们凭印象觉得它过于浪漫,不合时宜;还有莎士比亚的戏剧——人们在错觉中认为戏剧已成为陈迹,现在只有电视剧,而轰动倾城的剧场效果已改在足球场上了。

　　在浮躁的时代,人们对名著已经抱有先入为主的成见。各种媒介笼统而且一厢情愿地传播过名著,于是名著就在人们印象里定格在那种层面上。当然还有一个重要的原因,据说"外面的世界很精彩",所以人们无暇顾及"里面的世界"了。

这肯定是浅薄的。

可惜的是人们正乐于并心满意足地安于这种浅薄（包括笔者在内）。"浅薄"这个词在今天似乎不再含有多少贬义，它几乎和"可爱""充满生命活力"具有同等的夸示功能。浅薄用不着适应，更不用努力奋斗，吃啊喝啊，应酬着笑语喧哗啊，外加跳跳舞打打麻将啊，这些谁都能无师自通——潇洒走一回还不容易吗？

不幸的是有一天实在没有什么可看的了，电视无聊之至，外面大雪纷飞，只好顺手从书架上拿了托翁的《安娜·卡列尼娜》来，浏览里面的插图时，忽然重又被吸引住了。

一连几个晚上，深深地沉溺其中。

那部一百多年前的俄国故事，那些过时的骑兵时代的人的政治生活、爱情生活、社会生活，在托尔斯泰笔下全部复活，向我们昭示着永恒不灭的生命意义。甚至于，让我们这个走出去一百多年的时代，重新停住脚，回过头来，需要老老实实向那个时候的人们学习。自然，首先是向托尔斯泰学习。

事实上是，我们差得太远了，可我们听到的所有抱怨都是，文学给予我们的报酬太少了。（尽管存在着不公平的现象，但大部分是那些叫嚷的人给搅得乱了套，变得更不公平了。）

所以有必要读一读名著，或者重新再读一读名著，对于古今中外名著中的大量珍贵营养，我们远没有认真吸收，而只是粗知略懂。文学名著是文学作品，它只能通过影视媒介达到更广泛的传播，而在深入的意义上却无法代替。

托尔斯泰的这种比喻是无法用影视再现的："伏伦斯基怀着从莫斯科带回来的另一个世界的种种印象，只在最初一刹那感到有点突兀，但很快就像两脚伸进一双旧拖鞋那样，又回到原来那个轻松愉快的世界里了。"（据草婴译本）

还有他写孩子对这对情人心绪上的破坏作用："只要这孩子在场，伏伦斯基和安娜就会像航海者那样，从罗盘上发现他们高速航行的方向远离正确的航线，但又没有力量刹车，因此一分钟比一分钟更偏离方向。"

整个人类之所以公认托尔斯泰是世界文学大师，乃是由于他无与伦比的创造中展现的巨匠手笔，他是他所处的那个时代的一头文学雄狮，毫不费力地捕猎住了他的时代！

诸如此类的警世之言随处可见：

"我们挖掘自己的灵魂，常常会挖到没有被发现过的东西。"（卡列宁语）

"谁也不满足于自己的财富，可谁都满足于自己的智慧。"（外交官说的法国谚语）

"主要的变化是她随身带回了伏伦斯基的影子。"（公使夫人说）

"他们也像一般行业不同的朋友那样，对对方的工作，口头上也会谈论并表示赞成，心底里却总是鄙薄的。各人都以为自己所过的是唯一正确的生活，而别人却在虚度年华。"

"而且只有当大多数人改变观点时，他才改变观点"；"他需要有政治观点，就像需要帽子一样"。

精言妙语，俯拾皆是，如果抄录，就是厚厚的两卷本、上下集、七十余万言了。我感到这部书从来就没读过，其实也真的是没有读过，只是翻过。我很早就知道这部书，知道故事的结局，知道安娜的那件"黑丝绒的敞胸连衫裙"，还知道伏伦斯基那套著名的生活原则，但是，我远远没有知道托尔斯泰——驾驭这辆华贵的、双套马车的伟大主人！

当我在50岁的时候才读这部名著并初步理解他，我必须承认，托尔斯泰比我原先粗泛了解的那个大名鼎鼎的人厉害得多。任何不读他的书而号称理解托尔斯泰的可能是不存在的，任何不读托尔斯泰而号称懂得文学并理解了人类生活的可能是不存在的。

所以我说要读名著。

或许有人抬杠说：不读名著咋啦？我还不是照样活着，活得不比你差。我会劝他说，你是活着，但是你仅仅是活着，行尸走肉不是也"活着"吗？为了活得充实些、清醒些，至少活得比现在更可爱一些，你还是试着去读一些好书吧。因为我觉得你在智力上还不是无可救药的低下。有一位维吾尔族的领导人说得好，他说："如果不读书，连我自己都不再能喜欢自己了！"

我们所处的这个信息、媒介异常发达的时代，有谁想过，恰恰是最容易淹埋真实事物和事物本质的时代呢？因为发达，所有浮泛的、虚假的、劣质的、琐碎的东西都得以传播和泛滥、流行和传染，它们实际上正联合起来，谋杀了那些最有价值的东西！

这样的谋杀和误导，正时时刻刻发生在我们身边，扰乱着我们的生活。而名著的搁置，只是其中的一部分。一切发展和进步都藏着它的悖论和反效果，就像它们都摆脱不掉自己的影子一样。

人类认识生命，享受生活的方式大部分还是需要在宁静、平和的状态中。人类不仅要"向前看"，还要不断地"向后看"；不仅要学会"向外看"，还要懂得"向里看"。否则，人就向前什么也看不明白，只看见一团盲目乐观的云雾，只得到一种团团旋转的、不知所终的陀螺的一生。而向外，看到的是假相，是眼花缭乱、魂不守舍，没有自己的内心深度也不可能看到人家的内心深度，和傻子一样，徒增笑柄而已。

我并不是在这里为世界名著做免费广告，托翁已经仙逝，所有名著的主人都到天上开会去了，我说多少好话，他们也听不见。何况，人们都读了名著并理解了名著，有谁还会再读我辈之流的"著"呢？

鲁迅的刺至今仍然刺痛人心时弊，他比活着的人更尖锐、更明白、更了解今天和明天。莎士比亚宏伟的声音永远在雷雨之夜响彻天庭，如雷贯耳，醍醐灌顶。拜伦、普希金之后，人间似乎再也没有产生过那样俊美、灵勇的天才。还有，歌德的那部深奥难懂的大书。

这一切人类伟大的精神遗产，都不能用浅薄的钥匙去打开，都需要具备相应的修养和阅历才能进入。就像逛公园肯定比逛历史博物馆来得轻松容易，逛商场肯定比参观美展更不需要文化修养。可是作为一个人，被拒绝在这样一些世界名著门前，不是因为没有钱，而是因为没有足够的灵魂、文化、修养、理解力和美感，那不是太惨了吗？那不是比乞丐还可怜、比废墟还荒凉吗？

如果是这样，应该感到羞耻。

多少钱也买不走这种羞耻，多少金银珠宝也赎不来这座文化宝库前的一张门票。要是果真是一只动物也就罢了，一般说来，动物暂时还不需求文化，但是人，衣冠楚楚、西装革履、会说会笑，什么都会，凭什么在这儿就愣不能进呢？要是这样，应该知耻，争取进去看看。

人外有人，天外有天哪。

人间天上难得再现名著中蕴藏的风光旖旎、风情万种、风味千般。我动摇不了你的价值观、人生观，自有更高更大的"高山大海"在，让他们来收拾、整顿、提高你的生活内容、生命意义岂不是更好。

所以不要盲目，不要狂妄，要读名著。

文学在名著里。你如果不懂，不要乱讲，它深着哪。

先从托尔斯泰读起也可以，先从《安娜·卡列尼娜》读起更好，因为其他的，更深。

对于正常情况下的健康人来说，如果有一种不幸，那就是识文断字，红光满面，但就是没有能力领略世界名著。

1995 年 12 月 27 日写于新疆

说点老实话

我不想说"没想到我能获奖"之类的客套话，因为，我想到了。

我曾经非常希望自己这次能获奖，也盘算过这两年出版的诗集状况，结果是，我觉得自己可以获本届诗集奖。这些想法显然格调不够高，也不符合我一贯崇尚的闻一多先生"莫问收获，但看耕耘"的态度，可是没办法，我终究是个普通人而不是文学巨匠，我毕竟希望自己长时间的努力能够得到社会公正的承认。

两个月前，我的左眼就老是跳个不停，"左眼跳财"，这是个好兆。

春节以前半个月，我从福建带来的水仙花（是位女诗人送给我和杨牧的），突然灿然开放，这又是一兆。

正当北京评选之际，我弟弟告诉了我一个奇怪的梦，他说他梦见评选揭晓，"你好像是第五六名，还有杨牧，但记不清第几了"。我这个弟弟曾梦见过毛主席逝世、尼克松垮台，且都不是事后诸葛亮，他的梦有惊人的预见性。

结果，左眼、水仙花和我弟弟的梦都被证实了，新华社 2 月 1 日电宣布评奖揭晓。"2月1日,"我妻子说,"你记得这一天是什么日子吗?"我想了一下,摇摇头,"不知道。"

"结婚15周年了。"她说。

巧合得厉害。这乱糟糟的世界看来真是被一种什么超然而又伟大的规律和秩序操纵着、预告着,只是我们不知道罢了。我们有时像一些完全蒙昧的生物,乱哄哄地跑来跑去,今天不知道明天的事。我们对世界的规律和自身的结局,几乎一无所知。但是这世界交付给诗人的任务恰恰是揭示和预告这规律,用他的特殊智慧和灵性。

这时,我感到非常惭愧和不安了。我才发现,我不仅有负于这次荣誉,而且不能心安理得地把自己称为诗人。因为我所写下的文字,距离完成那样的任务,简直好像不着边际。

只有一点是能够使我感到安慰的,那就是我70岁的老母亲,她听到这件事的时候,高兴得抚掌而笑,笑声未出,突然流下泪水。那笑和哭在她苍白多皱的脸上猛然交织在一起,成为一种奇怪的罕见的表情。这时,我的心深深地被摇撼了。

我想起我可怜的母亲为我受过的苦,她一生任劳任怨,1942年参加八路军,为革命干了40年,当了个三级科的副科长还老觉得愧对于党……这和今天有些贪婪得几近疯狂、猖獗得不知高低的干部相比,成了可怕的反差。

让我这受了一辈子苦的母亲感到一瞬间的骄傲和自豪,为此,得一次奖是值得的。

当然,这是很狭隘的。但我并不只想到了这些,我还想到了另一个更高意义上的母亲,那就是给了我们的生命以广阔基底的新疆大地,她的山川河流和那些默默养育我们的劳动者。

这个伟大的母亲也是可怜的,她土地如此辽阔却荒凉,她山河如此雄伟却偏远,她物产蕴藏如此丰富却贫穷,她民族如此众多却落后……唉，新疆母亲，我们总不应该像一群抢着吃奶的小狗那样挤在你身下互相争夺，而应该为你争得一点光彩，以不负你的养育之恩吧？

为此，得一次奖也是值得的。

让我自己成为新疆这块大地的一个精灵，成为它的力量的体现、性格的化身，成为它无数沉默的山岳的代言人，无数浑浊河流的旋律的配词者，同时，也成为它大地上生息的牧人、农民、骆驼客、阿訇、赶马车的车夫、司机、果树栽培者、农垦专家、陶器工、制刀匠、地毯编织艺术家……让我成为这些生活的支撑者的忠实信徒吧！他们是我的艺术的守护神。

我将像掬起一捧河水那样，收集他们的智慧、幽默、天才和胆量。在这方面，我永远是一双可怜的漏水的手，因为我又是卑微的，在他们伟大的天赋面前。

我今年整整 40 岁了。

属于我的日子还有多少？不知道。

岁月才是最强大的，它使黄金变成灰尘、名将成为白骨，使短暂的荣誉暗淡无光，使扬扬得意的小人现出原形。在它无情的拷打面前，真正有价值的东西寥若晨星。

独怆然而涕下……

空茫的宇宙，浩大的世界，遥不可测的历史，密不可数的人类。规律，神！人生，谜！我在做着庄严的儿戏，像一只蚂蚁在一片枯叶上挥舞着前肢，自以为是不朽的史诗，其实只是一片随风飘零的树叶。

我无限地悲哀。

原谅我的狂妄，原谅我渺小的欢欣、浅薄的骄傲，宽恕我对岁月之神的冒犯和对自然伟力的嘲笑，因为我是一个只有两只眼睛的人。我没有奇异的触角、神秘的超声波。我感知世界的器官是有限的。我的头颅，也只能戴三号军帽而算不上巨大。

但是，人是靠精神站立在大地上的。

精神者，充塞于天地之间，神游于万物之上，居斗室而察斗转星移，处茅屋而知风云变幻。有了这种浩然之气，生命短暂可以传之久远，拳拳之脑可以认识无穷奥秘。精神可以包容世界，它比人本身大得多。

可惜的是，当今世上只认识物质的人太多了，物之外，其茫然无所见也。不理解并藐视人的精神，该不是我们这个伟大民族的传统，也更不会是唯物论所要引导的方向。

精神创造物质！

可怕的不是物质的贫困，而是同时产生的精神的贫困、哲学的贫困、思想的贫困、诗的贫困！可怕的是"山川钟灵秀，斯民独憔悴"！

憔悴，精神的委顿和病态，精神上的阉人也！以卑鄙手段求进取，以丧失人格图生存，以蝇营狗苟、可怜巴巴的伪装而取欢心的精神卖淫者，这是最让人无可救药的。

想起了李白，"生不用封万户侯"，"自称臣是酒中仙"——李白的傲骨不朽，它挂在所有的酒家屋檐下！

想起了鲁迅，他永远对一些人"横眉冷对"，而对人民大众俯首为牛。据说有人著文贬鲁迅，难道鲁迅是可以被人用头撞倒的墙吗？

日月经天，万人仰之。仰什么？

仰的不是权力有多大、地位有多高，而是：精神。

我敬仰这些中华民族的前贤，由衷地崇拜他们，愿取其一丝一毫做我生活之支柱。在这些巨人的神山之下，我朝拜，每日三省吾身。

在人民这坚实的大地和精神巨人的山峰之间，我蠕动如蚁，团团旋转，百寻而不得其起点。

说老实话，其实我只不过是这样一个人。

土话传神

写文章，写诗，从职分上讲，就是琢磨语言。精练、准确、传神地使用语言文字，是诗人作家的日课。

现在不大讲功力了，似乎"功力"两字是一种很老派、很过时的讲法。其实做任何事情还是功力深厚的更好一些，除去观念的问题以外，功力总是越深厚越好，十年磨一剑，甘苦寸心知。

时下是伪劣产品多，究其源是因为伪劣人多。文坛上也不例外，而且可能更容易，谁不会写几千个字呀？胡吹瞎哄几下，一个"著名作家"就诞生了。这类"著名"的玩意儿，大多会说些鬼话、神话、屁话，唯独一条，不会说人话。所以要鉴别这类货色，功力是对他们最致命的一条。

功力岂能是可有可无的呢？不光对写作，对世间各行各业，都是不可或缺的一个因素。一个洗澡搓背有二十余年功夫的师傅，那和初操此业的人就不一样，他一把过去，缓慢有力，匀和拔垢，令人浑身通泰；另一个来回频搓，动作急促，然后弄得人皮肤生疼，遍体难受。

功夫不同也。

不用说人类，就连动物世界的生存竞争中都显示了奇妙卓绝的功力，鱼鸥从空中忽然敛翅入海，它从高空一头栽进大海，每浮出来，嘴里必叨到一条活鲜鲜的鱼！这功夫，掺不得半点假，凭不得半点吹捧，生存天赋，一扎一个准，那是靠多少代的生存要求练出来的绝活儿！

人类因为自恃聪明，所以聪明到取巧的地步；人类社会因为复杂，所以复杂到了给投机提供了许多可能的条件。现在谁要说"真的假不了，假的真不了"，谁就有点犯天真的毛病了。伪劣是成功者的族徽，骗子是聪明人的别称，假的假不了，真的真不成，理想国遥远着哪，你就等着吧。

现在再说到正题，语言的欺骗性在今天已经表演得过于充分了，政治口号的功能让出半壁江山给了商业广告，天下汹汹，皆为"势""利"二字，大言不惭直奔主题，谎言千遍即真理。语言公害所造成的已不仅是环境污染，它对人的心灵污染将是无法估量的。真假颠倒，价值失衡，美丑混淆，公理不存。这时候，遑论什么文学语言的功力云云呀！在千千万万个随意使用语言、任意发明语言的人当中，又有多少人是认识到这种无形的污染而清醒地不去增添这污染的呢？

值得庆幸的是，毕竟还残存着一些语言的"原始森林"。虽然这些树木已多次遭到砍伐，虽然它们早已名不见经传，只流落、残存在各地的一些村落里，但它们目前还在。以后还能不能存在呢？不知道。

这些语言就是被今天的人们瞧不起的、不登大雅之堂的"土话"。

然而这些语言其实是多么朴素、生动、纯洁而传神啊！

这种语言几乎各地都有，妙不可言，生长于乡壤，吐纳于河流，千载相传，气息独具。这些方言土话散布民间，有如野草杂花，自枯自荣，绵延不息；无人采集，自会汰旧迎新；少人欣赏，却在锤炼日精。

仅仅笔者老家山西榆社的一些土话，就足以精彩得令人绝倒，何况中华南北东西各地。

它给你讲述两个人打架，一个将另一个打得鼻青脸肿，它不说鼻青脸肿，它自有一套观察眼光和表述方式，他说："一拳，打得人家黑眼乌油。"

"黑眼乌油"四个字，你不能不承认观察得独到、表达得传神。

它给你讲起吃红烧猪肉的香来，描述得更是感受深入，它说："香透脑片骨！"脑片骨就是顶门，它用五个字形容了吃红烧肉时那种奇香冲脑、直透顶门的感觉，而这种感觉一般很难用语言表达。

它要说一个人模样标致耐看，只用两个字：人景。"这个人呀，人景不错。"人的自然景观，要是细细深究起来，这种说法里蕴含着很深厚的文化精神呢。

它要是说你"鳖似"，就是骂你一副缩头缩脑、提不起抻不展的样子，和"熊样"一个意思。

它要是形容一个人邋遢、不修边幅，就会说你"片拉片拉的"，于是一个破破烂烂的叫花子样就出来了。

你要是吃了一个大肚子，它只用了一个"颗"字，就把你的肚子和西瓜联系起来了，"瞧那一颗肚！"它这么说。

土语方言有保守的一面，但更多的是精练可爱的一面。保守保守，保卫守护之谓也，什么都不敢"保守"了，中华民族几千年灿烂悠久的文化遗产还能留下来、传下去吗？今人事事讲创新，天天喊突破，唯怕保守，但恨传统。只是新没见创出多少，故旧倒是丧失殆尽。看见西洋的玩意儿，不论好坏，也不论真假，懂不懂都抢先去搬，搬过来吓唬国人自充英雄好汉、先知先觉，仿佛外国是天国。

可以试作"洋崽歌"如下一笑：

世上只有外国好，

外国的垃圾也是宝。

天下只有中国孬，

中国的宝贝不如草。

　　中国人说中国话，中国话是积累了数千万年的优美语言，是我们精神的血脉、文化传统的河流，不可菲薄妄用，任意糟践。所有的中国人，尤其是那些白纸黑字运用这美丽语言的人，应该尊重、爱惜它。向我们民族自己的语言财富学习，进一步搜集、整理、研究、发展它，是不能忽视的责任。

　　土话传神——传的是我们民族文化的精神。

1994 年 5 月 19 日写就

亲爱的诗坛离我太远了

对诗坛，我首先必须呈上十二分的敬意。这个放大的沙龙、缩小的王国是那样熙熙攘攘，旌旗林立，似乎簇拥着一位看不见的女王出了城门。一时间，效忠的誓词、调侃的怪话、为了出语惊人而发出的尖声怪叫和故弄玄虚的白日梦呓纷纷升起，尘土飞扬，使好奇者好奇、围观者围观、尾随者尾随。当然，因而就给代笔写信的老头以晋升教师爷的机遇，使泼皮牛二成了祖传宝刀的专横鉴赏家，让流落街头的相府家人摇身变成"领导新潮流"的教父，等等。诗歌，你这看不见的女王，成了多少人求食的饭碗！

然而女王只生了为数不多的子女，诗的王储。在这十一分的热闹里，在这 80 年代的骚动与喧哗中，他们的声音微弱，风尘满面，形容枯槁，饱受欺凌。

谁认识他们，谁不认识她们？

谁明明认识她们，却装作不认识他们？

三百个缝制新衣的骗子正在举办现代新衣大展。诗的女王仍然没有一件可穿的衣衫；可怜的女王！王储们，你们躲在幽暗的小屋里，藏在临海的悬崖上，用流血的手指，编织着供十二只天鹅变成十二个王子的麻衣，重演着那个古老而又真实的童话。这就是诗的永恒故事，这就是诗的永恒。

对诗坛，我因此愿意呈上十二分的敬意！

不写诗的唐栋有一次对我说："最瞧不起的就是'诗人'，最崇敬的也是诗人。"我听了就感到有些惭愧。我想，我应该属于那种既够不上令人崇敬也不至于最让人瞧不起的一类。可惜，这一类先就算不上诗人了。我有些遗憾，但不愤慨。我想，诗是很难写的，诗人就更难当，也许配称为诗人的时候恰恰是不像诗人的时候。

后来，也就是今年，我看了两部诗。一部叫《蓝色高地》，是发在《收获》上的长诗；一部叫《苦难风流》，是北方文艺出版社出的，六十余首写长征路的短诗。我肃然了。我不是说诗都应该是这个样子，而是说起码这样才称得上诗。对，"蓝色高地上的苦难风流"，这就是诗的全部象征性含义。

在诗的蓝色高地上，只有经历的和心灵的苦难，才能造就不浮躁、不讨厌的真实的风流。风流而不讨厌，风流而宁静，风流而不泼皮牛二，风流而扎实，这才是诗。诗坛是一座有海拔高度的蓝色高地，而不是热风翻滚的燥红色火焰山。火焰山上有红屁股的猴子，蓝色高地上有登攀者。

而且，我相信诗人在逐步成熟的过程中，会从一个贩卖零七八碎灵感部件的"天才"，成为一个能够完成完整构筑的能手。那就需要浑圆的大脑（而不是某一根神经），健康的灵魂（而不是心的病者），善良、狡黠、忧伤、豁达……以及种种说不清道不明的因素。

瞧，我想象中的诗坛是这样，而现实是那样，我也说不出是这样好还是那样好。反正，诗坛像一条大船，漂浮着，喧闹着，离我越来越远了。

远使我听不清那些杂乱的声响，反而留意到一些难忘的面孔和身影。我记得他们，祝愿他们有一天，像一个船长和大副那样远航归来，听他们讲海上的故事，说这条船之所以没有触礁的原因。

至于我，曾经在这条船的甲板上参观过、劳作过，终于因为晕船而呕吐、退役。我只能回到陆地，看船渐渐远去，只是我依旧穿着水兵服。"写诗是需要才能的……"我只能含泪遥望那条船的远去而安慰自己。有什么办法。据不完全统计，40 岁以上的人大多是愚蠢的，屈指算来，我已经愚蠢两年了。

我愿意充当一名狡猾的落伍者，坐在码头上，等那条船。你总有回来的时候吧？那时，我已经存了好多陆地上的话要给你们说了。这样，便不觉落伍有什么可悲了。因为原本没有什么伍可跟。

亲爱的诗坛，愿你的上空迟早能升起一双公正的眼睛，而照临那些避身于幽暗小屋和悬崖上的人，让那十二只凌空盘旋着的诗的精灵，找到尘世间的替身！

如此，我当抚掌而笑，然后土遁。

1987 年 10 月 30 日于乌鲁木齐

论诗的"匪气"

诗这个东西，不知为何原因竟弄到今天这步田地。自杀种种就不堪详述了，整个诗坛的现状实在不容乐观，至少是 90 年代以来没有产生过一位有影响、受承认的诗人。泱泱中华竟无诗才，岂不有些可疑？

闲的时候偶尔琢磨这件事，也想不透，但是觉得起码有这样两个原因是影响诗歌的正常发展的。一是恐怕太洋，二是着实太玄。洋起来满嘴艾略特、金斯堡，也不管人家认不认得他，只顾自己亲热过去，有几个人还会认真学习我们民族的诗歌遗产呢？何况这个洋的时间也不短了，愈演愈烈，数典忘祖，以至今日，不可收拾。

再说那个玄，更是厉害，一代一个新观念，一个新观念就是一重天，好像写诗不是写诗，而是观念比赛。现在有些诗，任你是火眼金睛也休想看懂，他走火入魔，钻牛角尖不肯出来，可是还偏偏蠢得霸道得很，"我有迷魂招不得"，不准批评。

因为这样一种现状，就只好去发现一种解这类"迷魂"的药，就是醒酒汤。前些天在报上见到一篇题为《古今"土匪诗"》的文章，非常有趣，实在有一种返璞归真的诗趣，比现今的某些所谓"形而上"的"现代诗"好读得多了。内中举了一首诗，是北洋军阀张宗昌的《天上闪电》，虽有匪气，不失天真。

> 忽见天上一火链，
> 好象玉皇要抽烟，
> 如果玉皇不抽烟，
> 为何又是一火链？

这种薛蟠体的打油诗，类似民谣，颇有童趣，读来简单，性情毕现，一个大土匪、老军阀，能够有这样近似天真烂漫的性格，亦算很不容易。有人说他"目不识丁，附庸风雅"，我看未必公平。第一，他的诗不雅，一副粗人口气，所以不能算附庸风雅。诗为抒发性情之作，人人可以用之，岂为"雅人"专利？这种说法有些文人的霸道了。第二，他若真的附庸风雅也不是坏事，应该欢迎，而不应排斥嘲笑。一个土匪出身的人，开始附庸起风雅了，这是多么大的进步，这无论如何要比附庸别的什么更好一些。

由此想起 50 年代大兴民歌之风，其中有一首著名的《我来了》：

> 天上没有玉皇，
> 地下没有龙王。
> 我就是玉皇，
> 我就是龙王，
> 喝令三山五岳开道，
> ——我来了。

而今读之，何等胸襟气概啊！真是纳天入怀，无法无天，精神解放，顶天立地。但是你要说这是一首"土匪诗"也未尝不可，那口吻，那气质，与张宗昌的一首颇有异曲同工之处，就是：感情浑朴未凿，语气粗放稚气。所以，更深入一些讲，所谓"土匪诗"不仅仅是土匪写的，广义地讲，一切文化程度不高的人所做的口语诗，甚至于一切非诗人、非学者的外行所做的诗，都可以称为有一点点"匪"气。

匪与雅是相对立的。然而雅到衰弱处，雅得没劲的时候，恰恰需要的是一股粗放强劲的"匪"气来增添活力。"匪"是生活的原始状态，是活泼泼的自在的生命，是不矫揉造作，是自然可爱的状态全盘托出。

汉高祖的《大风歌》千古传诵，雄劲之气摇撼历代心灵："大风起兮云飞扬，威加海内兮归故乡，安得猛士兮守四方。"大风歌好在哪里呢？好在帝王气中未能尽失匪气。

黄巢的菊花诗，"它年我若为青帝，报与桃花一处开"，也有一股"匪"气，他根本不问菊花愿不愿意与桃花同开，就提前许愿，实在有些可笑。然而这可笑，正是诗。

甚至我还可以说陈老总的有些诗、毛主席的有些诗句，均有我说的这种广义上的"匪"气，襟怀坦荡，真气充溢，性情直率，无法无天。

比如"此去泉台招旧部，旌旗十万斩阎罗"，简直有黑旋风李逵大闹地府的气势，你说"匪"不"匪"？

毛主席到了写《鸟儿问答》的时候，竟然出现了"不须放屁"，这还不"匪"吗？但是骂得痛快淋漓、无遮无掩，不是一代伟人，谁敢如此豪纵正气？

开国帝王也罢，农民起义领袖也好，老一辈无产阶级革命家也好，都是旧时代、旧社会秩序的造反派，造反派在统治者眼里，就是"匪"。一种东西两面看，对于统治者的腐朽之"雅"而言，所谓"匪"气，正是生气勃勃、无拘无束的天地间真气。新生的社会力量之所以能够摧枯拉朽，凭的正是这种天不怕地不怕的精神。

大而至阶级、领袖，小而至诗歌、凡人，一点"匪"气，均不可少。毫无"匪"气，便是迂腐。

一友人登峨眉山回，见山顶题有一游客打油诗，背给我们听道：

> 人说峨眉天下秀，
> 我说峨眉秀个毯！
> 不是郭老鼓虚劲，
> 哪个孙子才来游！

油虽打得粗了些，意思并不见得错，同是峨眉，不同的人游起来当是各有感受。郭老说好有郭老的道理，条件优越，心情愉悦，自然夸好；普通人累得死活，处处受气，当然骂娘。这首诗作为群众的批评意见，应当说好。

其实郭沫若先生年轻时写诗是大有"匪"气的，他不仅写过"我是一条天狗呀！我把月来吞了，我把日来吞了……"那样的诗句，还专门写过一首题为《匪徒颂》的诗，歌颂"西北南东去来今"的一切破坏旧秩序的革命者，为匪正名。

只是郭老老了以后没有"匪"气了。

衰老病弱和"匪"气就丝毫不沾边了，因为无拘无束的活力健康的生命状态已经消失了，剩下的可能是圆滑、柔韧，也可以是老练、古奥，也许名堂很多、花样很巧、门道很深，但只能囿于一小圈子人，遮掩质的衰弱。

病态的东西，你无论把它吹嘘得多玄乎，说得多么了不起，终是病态。今天的诗界就走在这样一个死胡同里，当初是谁把它引进去的已不重要，重要的是怎样设法走出来，让诗恢复活力。

增加一点"匪气"如何呢？

作为一剂醒酒汤，不妨试试。

1994 年 5 月 20 日写于新疆

重读鲁迅

　　鲁迅的确是有必要重读的，岂止重读，对于一部分重视精神修养的人来说，总是应该隔一段时间就读一读的，常读常新，学而时习之。

　　但是，鲁迅不是一块借用来打击一部分人的硬石头，鲁迅是硬，但只是中华民族的硬脊梁，而不是硬石头。

　　而且，鲁迅不是某些人自认、独霸的私传先生，他是全中国人民的老师，人人可以学习他的精神、他的品格，也并不专属于某些"圣人"而独有。

　　我之所以敢于在纪念鲁迅逝世60周年之际斗胆写这样一篇文章，首先基于以上两点认识。

　　我爱鲁迅，显然并不因为鲁迅也姓周。

一

许多伟大的儿子终生都怀有对其母亲的崇敬、感恩、热爱和怀念，同时不由自主地把这种感情转化升华，使之成为对整个民族母亲的奉献。

毛泽东长得酷似其母，一样的圆满、聪慧、目光清澈。韶山故居里悬挂的那幅毛主席母亲遗像，面貌之慈善完美、高贵雍容，完全不似一个足不出乡里的农妇，而是像一个圣母。她为我们的时代生养了伟人，而她自己却没有留下名字。

鲁迅周树人，也是一个崇敬自己母亲的人，他留存世间的这个光辉不灭的笔名，正是为了纪念他那位姓鲁的母亲。他笔下的鲁镇，他笔下的祥林嫂，无不隐约着一个受尽苦难的母亲的影子。正是爱母亲的心，使他成为一个爱国主义者、一个斗士、一个奋斗不息的天才——一个受苦受难的中华民族母亲的不朽的儿子，一个圣人。

所以，母亲对儿子的影响是无法估计的，他在她腹中成长，他在她怀中喂养；她就是他睁眼看到的整个世界，血和乳的传递，是一切教育中最深刻的，也是一切影响中最有力的。我们在颂扬伟人为民族作出卓越贡献时，不要忘记了他们的母亲，因为这贡献中首要的就是母亲无私的奉献。

在所有伟大的儿子心里，都有一个圣母。

二

"鲁迅的骨头是最硬的，他没有丝毫的奴颜和媚骨，这是殖民地半殖民地人民最可宝贵的性格。鲁迅是在文化战线上，代表全民族的大多数，向着敌人冲锋陷阵的最正确、最勇敢、最坚决、最忠实、最热忱的空前的民族英雄。鲁迅的方向，就是中华民族新文化的方向。"

毛主席一生很少对一个党外的、非政治人物下过如此坚定、热情的论断，这几乎是绝无仅有的。毛主席说这番话的时候，鲁迅已经去世了，他不知道。

这样的盖棺论定对文学家来说是空前的，一口气连用了五个"最"字，其情也真，其意也切，至于"空前的民族英雄"语，已达到极顶了。

鲁迅是不是"空前的民族英雄"呢？

当然是。

但是如果毛主席不这样肯定，一般社会的反应会不会认为鲁迅是"民族英雄"——而且还是"空前"的呢？

恐怕不会。

一般的社会认可是"鲁迅是文人"，充其量是"大作家、大文豪"，然而民族英雄是决然轮不上的。他们会认为张学良或远不及张学良的武人是"民族英雄"，却绝不会想到鲁迅。在中国的词语称谓中，"文人"是一个褒贬含义难测的词，也是一个既含有妒意又带着明显恶意的称呼，其中含有"百无一用""文弱""迂腐""猖狂"等等的传统印象，也含有明显的排斥异端的心理。可以这样说，至今为止，中国民众和社会始终未能在深刻的意义上理解过"文人"——有高教养的文化人，更不曾领会过这类人中的优秀人物奋斗呼号、泣血双流地对于自己生存模式长远、深刻的牺牲奉献。

中国知识分子未能改造中国现状，却一直遭到几千年现实的改变和歪曲，这正是一个悲剧。

在这样一个漫长的悲剧之下，就酿造出了"文人"这样一颗怪味豆。

所以当公认的民族英雄毛泽东以"空前的民族英雄"评价鲁迅的时候，许多人的认识是永远跟不上的——因为他们不知道什么叫英雄。他们只能理解简单的、表面的英雄行为，却不能领会思想文化领域的远为艰苦卓绝的伟大斗争。认识并理解鲁迅的意义毕竟需要相当的文化修养，而中国的亿万民众却没有条件得到，这样一来，文化成了一道深沟，隔开了中国的少数人和大多数人。

于是，鲁迅不是作为神位上的鲁迅，就是作为"文人"中的鲁迅，他始终未能成为受到全民族理解和认识的英雄。

这也是我们中国的国情。

实际上毛主席对鲁迅的评价是正确的、深刻的、恰如其分的，而且我坚信这评价是不会过时的。

幸亏毛主席留下了这番话，言之凿凿——"空前的民族英雄"，这多么令人欣慰！不然，还不知有多少政客、恶徒处心积虑地要诋毁、诽谤鲁迅，把污水向他身上泼呢。

三

对鲁迅的误解或不理解不仅仅来自社会其他群体，有许多时候还来自文化界。同时期的那些骂鲁迅的、恨鲁迅的、企图利用鲁迅、左右鲁迅的人不必说了，直到今天，仍有种种。

有一种贬低就是以遗憾的方式出现的，他们往往遗憾地说："可惜鲁迅没有留下一部长篇，不然鲁迅就更伟大了。"

这算一种什么逻辑呢？

如果按这种逻辑，我们显然还可以不断地"遗憾"下去——"可惜郭沫若的《女神》和艾青的《在北方》不是鲁迅写的，不然……"，"可惜鲁迅没有一部像《管锥编》那样的学术著作，不然……"，甚至更"左"一点，我们还可以要求"可惜鲁迅没有亲自发动、领导上海的工人运动……"。

这显然是一种愚蠢的逻辑。这种愚蠢而又庸俗的对伟人的苛求正是来自对伟人的不理解。他们觉得，你既然是伟人，就应该是包罗万象，无所不能。

庸人正是这样对别人求全责备同时对自己的一事无成极其宽容，并可以为之找出无数理由的人。

鲁迅为什么要按你设计的蓝图去完成自己呢？鲁迅就是鲁迅，唯其如此才是鲁迅，没有丝毫遗憾可言。若有可遗憾的，那就是他去世太早，尽管如此，鲁迅还是圆满地完成了自己的一生。

我们看十六卷本的《鲁迅全集》，五卷是日记、书信，六卷是杂文，正经的小说和散文只占两卷。如果从数量上说，不仅没有长篇，这些小说和散文也很少了，即便比起今天一些作家的创作量，也属量少之列，更不用说巴尔扎克、托尔斯泰那样的高产大文豪了。

鲁迅只用了两卷小说和散文便显示了卓越的才华和创造力，这实际上是一种令人惊异的魅力！然后他为了给当时黑暗的中国点燃一星光亮，同时也为了战斗，不惜投入全部精力，写下六卷本的杂文……这又是怎样的一种献身精神！

实际上，鲁迅写什么就使什么成为瑰宝。岂止于杂文，五卷书信、日记也是重要的历史文献，而且读起来充满生趣，胜过大量的长篇小说。

鲁迅的文学成就和文学品格，充分显示了中国大师的特色，他们通往巅顶境界的途径和方式，与外国文豪有着很大不同。

外国文豪善于造型画像，以千钧之力写尽社会百态，如举重运动员。

中国大师长于写意传神，笔墨精微，神通千载，往往弃其形而得其意。精兵五千，便成体系；隐介藏形，变化宇宙。中国大师不以力取而以气胜，此中国之所以为中国者。

何况汉字，字字可以卓然独立，句句可以含义无穷。汉字不是一般的运载工具，它自成一个活的生命。

试看孔孟、老庄、周易诸书，短者数千字，长者两三万字，便成经典学说。可见汉字和汉文化有其特殊性，不可任意与欧美等同论。何况中国文化传统是诗文传统，而不是小说戏剧传统，这也是与欧美文学源流各异的。故曰：鲁迅不写长篇小说不足为憾。

四

除了思想和人格品质的因素之外，鲁迅作为一个思想家和文学家，他的天才因素也是不应低估的。可以说，没有这种文学天才也就没有鲁迅。

天才当然就是聪明，但天才不是一般意义上常说的那种聪明，而是认识、把握重大事物所表现出来的透彻、轻松、应付自如的风度和力量，天才并不神秘，天才就是少见的大聪明。

比如"在我的后园，可以看见墙外有两株树，一株是枣树，还有一株也是枣树。"这种写法透出的就是不露声色的聪明，只有极聪明、极自信的人才敢这么写，稍微笨一点就会写成"在我的后园，可以看见墙外有两株枣树"了。

再比如《铸剑》中的一些怪歌，简直妙不可言，语感达于极致：

> 哈哈爱兮爱乎爱乎！
> 爱青剑兮一个仇人自屠。
> 夥颐连翩兮多少一夫。
> 一夫爱青剑兮呜呼不孤。
> 头换头兮两个仇人自屠。
> 一夫则无兮爱乎呜呼，
> 爱乎呜呼兮呜呼阿呼，
> 阿呼呜呼兮呜呼呜呼！

还有：

> 王泽流兮浩洋洋，
> 克服怨敌，怨敌克服兮，赫兮强！
> 宇宙有穷止兮万寿无疆。
> 幸我来也兮青其光！
> 青其光兮永不相忘。
> 异处异处兮堂哉皇！
> 堂哉皇哉兮嗳嗳唷，
> 嗟来归来，嗟来陪来兮青其光！

这就已经不是聪明而完全达到了"调皮捣蛋"的高度。极其悲壮的、三颗头颅在沸鼎中追逐撕咬的故事，竟唱出的是这样滑稽古怪的歌！

写出这样绝妙的怪歌得需要多么精深的汉辞修养就不用说了，单是这种调皮捣蛋的方式，除了鲁迅，谁也弄不转。

鲁迅的冷峻近乎虚无，然而鲁迅式的虚无绝不颓废，不仅不颓废，反而充盈着热和力、坚韧和峭拔、牺牲和奉献！唯其如此，鲁迅的尖刻、冷嘲热讽、调皮捣蛋才是大哀大痛、大慈大悲，他的幽默刻薄才是别人的帮闲逗笑不能比拟的。

我们所热爱的鲁迅，正是包括了这些辛辣幽默、调皮捣蛋在内的鲁迅。

我们在读鲁迅的作品时，始终可以透过纸页看到一双狡黠顽皮的眼睛在善意地微笑……

五

连尼克松都说出这样的话："难道我们希望后人铭记，在我们这个社会中摇滚音乐歌星比优秀教师更受人钦佩？相貌俊美比远见卓识更令人倾倒？适合拍电视的素质比真才实学重要、粗野的举止比端庄的品格重要、耸人听闻的渲染比事实真相重要、丑闻比好事重要？或者我们还是希望后人记得美国人民曾创造过伟大的音乐、艺术、文学和哲学……"

这是一个涉及人类恒久价值观的问题，也是针对现实价值倾向发出的疑问。这些问题在我们这里也程度不同地存在着，它影响着人们，甚至可以说改造着人们，而且这种改造比"文化大革命"时期的强行改造世界观有效得多——因为那时候我们心里知道那是错的，而现在我们已经承认这是对的了。

难道现时盛行的这种唯物质的、拜金的、不择手段、享乐至上的风气会是人类社会发展进步的动力吗？

难道那些应时应运而生的各种时髦杂色人物果真不仅是现实的偶像，而且是我们民族历史画廊中的英雄吗？

鲁迅已经很少被人们提起，他的书也只是在很少的一部分人当中被阅读。好像鲁迅对我们今天的生活已没有多少实际的意义了，好像他只是一个曾经产生过作用的历史人物。

实际上当然不是这样。

实际上鲁迅对于今天格外重要。今天的中国人看起来普遍要比 30 年代的中国人肥壮得多，个子也比较高大一些，奥运会上取得的金牌也体面了不少，似乎"东亚病夫"这种藐称可以休矣了。但是，在丢弃了体魄上的"东亚病夫"之后，长舒一口气，伸一伸腰杆，是否还应该立即警觉另一种"东亚病夫"的可能呢？

——精神上的"东亚病夫"、精神文明方面的"东亚病夫"呢？肉体上的衰弱退化是容易发觉的，而精神上的疲弱、麻木、病态和委顿则是更为可怕的、更难医治的。我以为切不可刚刚爬过了物质饥民急于摆脱的沟壑，又掉陷于精神饥民的深渊。

鲁迅当年呼喊过"救救孩子！……"。

而我们今天的这些人，正是鲁迅所说的"孩子"，或者还是孩子的孩子。

怎么"救"呢？

除了全社会都来重视、关心精神文明建设以外，还有一个办法，那就是更深入、更普遍地传播、介绍鲁迅先生的思想。鲁迅六十年前是"疗救国民精神"的良医，改学医而志文学，变医体而医精神，药方颇苦，且需长服才能渐渐见效。

至今难道就不是了吗？

还是要——重读鲁迅。

1996 年 8 月 16 日

哭路遥

路遥死了。

这个 42 岁人生中途倒在黄土高原上的壮健陕北汉子，是累死在百万字、三卷本《平凡的世界》上的。

死亡夺去了一个坚强的、有韧性的人的生命，它把他击倒在生养他的黄土高原之上。

那天中午我喝了些空腹酒，我因酒而变得格外脆弱，同时也因为酒力而变得接近神性和人性。我看到了那张登载死讯的报纸，我看着看着，突然哭了。

我哭得毫无道理，我知道。但是我怎么也控制不住自己，当着办公室好些人的面，痛哭了很长时间，使大家都很尴尬。

我为什么要哭路遥呢？

是我认识他呢，还是我们是交往已久的知心朋友呢？根本荒唐，我们从未有过一字一面的交往。那么是我非常崇拜、敬仰这位茅盾文学奖的获得者吗？仿佛也不是，周克芹和莫应丰的死，就丝毫没有对我产生过这种震撼。甚至可以更坦白地说，在他死之前几个星期，有位战士送来一套三卷本的《平凡的世界》，我浏览了一条主线人物的描写之后，曾不无遗憾地认为"耗费如此巨大的精力构筑这样一部艺术准备尚不充足的长卷，是笨了些"。

现在他死了，我却哭了。我哭得非常伤心，极其"物伤其类"。我在看到这张报纸的时候，突然感到了一根毛茸茸的神秘力量的手指，触到了因酒力而洞开的灵魂深处。一个完全陌生的42岁作家的死讯，掀起了深睡许久的、宿命的悲哀和自醒。

当这个平凡的世界失去了这个平凡的人时，突然显示了他真实的意义。

不管他的作品是否能够经得起时间的汰选和剥蚀，不管他倾生命之血而完成的长卷是否真具有艺术的价值，有一点是明白无误的：从此人世间不会再有这个名为路遥的人写出的哪怕粗糙的文字了。

他再不会讲述他的故事，再不会从他的瞳孔里反射出他所观察到的我们这个时代的生活了。这也许不是什么巨大的损失，但是从此没有了。

有一支钢笔，在写完了百万字之后，被一只磨肿的手扔出了窗外——

这支渺小的笔飞出窗外的一刹那，遵从了命运的暗示。

有一个42岁的人，在写完了这个平凡世界之后，倒退到了八岁儿童的智能，他在过马路时充满恐惧，束手无策。

这个人给自己起名为"路遥"，其实他的生命只走了一半。

黄土高坡啊……

德水黄河啊……

你看见这个人仆倒时的样子了吗？尘土缓缓地从沉重的身躯之下升起，复又降落，一片黄尘浴着他，覆盖着他，融解并消化他。

死就是这样：无情地把满身华彩的事物剥光，却让习以为常的东西凸现出珍贵难再的品质。活着时让人羡慕的重要原因往往在于一个人得到了多少，而死后让人惋惜、珍惜，乃至痛惜，却在于他给了别人多少。

作家。

一个西北的黄壤中出生的人，用他的显得笨拙的生命给这个职业增加了分量。

他是个修筑长城的苦役。

1993 年 1 月 4 日夜

人要不断提拔自己

以前没有接触过任为民这个人，也没有接触过他的作品，今天连人带书都见了，初次印象很好——人很健康，也有书卷气。

他的作品里显示出文学潜质，有文学感受力和表现力，也有健康的心身对生活的热情拥抱，是一块未经精琢的好玉，但是还欠更深入的打磨。还需要扩大文学视野，不断发掘自身的潜质，在更高的意义上重新发现自己。

我先提两个小缺点供他参考：

第一是他那个书名，大漠之魂什么的，不大高明。这些年，这个魂那个魂已经很滥了，审美趣味较高的人不应该再重蹈这类覆辙。

第二是书中那些"西部汉子"的说法，有欠思想深度。西部是汉子，江南就不是汉子吗？广东就不是汉子吗？人家崇尚的东西不一样罢了，人家更重文明、智慧，更重精神和事业上的大刀阔斧、博览深究，这才是现代社会学意义上的"汉子"，而不是四肢发达、头脑简单的人。所以这个趣味不够深刻有力，因而也易引起反感。

但是我赞赏他在书中说"颇以成为一个新疆人而自豪"，我看这是一种品格。新疆比起一些地方来，经济发展上暂时还比较落后一点，这并不就说明新疆人一无长处、不值得自豪。这是建设者的自信，也是开拓者的胸怀，只有有了这种精神，才有可能把新疆建设成更值得自豪的家园，所以我赞赏这种品格和感情。

　　一个作家，不能去讨好人物，也不要讨好事物，而要遵照内心的真实感情去表达，讨好是低级的精神状态。当年艾青回到北京，有人采访他，要他谈谈对新疆这个第二故乡的感受。他说："什么'第二故乡'啊，一个人哪儿有那么多的故乡啊！"

　　艾青没有曲意讨好新疆，但并不证明他对新疆没有感情；还有一些朋友调到内地，这也并不意味着背叛新疆，每个人都有选择生存环境的自由，离开和热爱也不是绝对对立的。

　　一些过于简单化的判断，往往不能够解释大量的社会现象，更不能包容人的复杂情感。简单是一种感性的、情感型的、主观幼稚的思维形态，必须在拥有了视野和阅历之后仍能综合提升为简单，才进入更高的境界。新疆的文化土壤层比较单薄，在新疆从事文化活动要比文化发达地区付出更多的努力，同时也要求有更高的素质，所以，我们应该更清醒地面对自己，面对自己所处的环境，不断地提拔自己。

　　上级机关一纸命令，可以把一个人提拔起来，提拔到更高的位置上。这是一种自己可以努力但自己无法做主的提拔，还有一种就是我说的提拔，自己对自己不断地，思想境界、人格修养、艺术造诣上的提拔，就是把自己提升到一个更高、更明白、更自如的生存状态。

　　比起前一种提拔来，这种提拔同样是不容易的，需要经过长期的积累和努力的。它对一个人生存状态的改变，表面上看起来没有前一种来得那么直接、那么明快，实际上它更深入有力地改变了一个人。使一个人和过去真正"变得不一样了"的，常常是第二种提拔。

这就是我们过去常说的"修养"，综合修养。刘少奇过去写过一本《论共产党员的修养》，除了提倡"驯服工具"，还有相当一些深入有益的东西。我们现在讲人的修养，范围更大一些，局限性更小一些，而且时代也不同了。

　　人的修养也是人的精神文明建设，角度不同，前者是个人的角度，后者是党和政府的角度。总之一句话，是要让人尽快地摆脱愚昧麻木的生存状态。愚昧麻木的状态也不是一下就可以彻底摆脱的，它是伴随人类文明发展进步的一个全过程。旧的愚昧摆脱了，半封建半殖民地结束了，新中国解放了，并不意味着愚昧落后留在了解放前，还会产生新的愚昧和麻木。"文化大革命"不是泛滥过不少新的愚昧吗？

　　摆脱愚昧也是非常不容易的一件事，中华民族整体上摆脱不容易，具体到每一个个体也不容易，任何人身上都或多或少地残存着这些东西，包括大文化人，包括高级干部。孟驰北老先生没有当过多大的领导，但他始终清醒地与自身的、周围的愚昧事物作斗争。他大声疾呼，努力奉献，他尽自己的能力为新疆的文化界的进步作贡献，因而受人尊重。他就是一个不断提拔自己的人，到老还在努力，这种精神值得我们学习。如果一个人在精神视野上不如普通人，怎么能当作家呢？作家至少在感受力、发现力、表现力诸方面强于常人，甚至应该在思想力上强于常人。

　　从这个意义上说，真正的成功还是很遥远的，这不仅是对任为民而言，包括我自己。文学经过许多起落沉浮，好些事情已经不辩自明了。文学是一件值得献身的事业，许多作家失败了，但文学始终在生长。作家的失败是必然的，因为他不但受到同代人的挑战和检验，还要受到许多代人的挑战和检验。也许有的人作品不朽了，但那个作家的内心品尝的只是失败；屠格涅夫晚年备遭读者冷落，几乎被人们遗弃了，他非常痛苦。实质上，屠格涅夫与俄国人民同在，他是俄罗斯的文化巨人。

许多不朽的文学家并没有尝到成功或成名的滋味，海明威自杀，托尔斯泰出走，为什么？这涉及人类文明的一个重要问题，即：在不断摆脱愚昧状态的同时就一步步接近了痛苦——不是个人的而是整个人类的痛苦。

脱离了低级趣味之后，就接近了那种个体所无法承受的大趣味、大重量！

要实现一个人的作家梦想，就要有勇气在不断提拔自己的过程中面对这些，而这，才是真正的男子汉。时代的大英雄才是男子汉，鲁迅瘦小，临终前弱至体重 37 公斤，而且没有络腮胡子和胸毛，还不会骑马打枪格杀，但他是中华民族的"空前的民族英雄"（毛泽东语）。

追求卓越就要追求真正的卓越，追求表面的能喝酒能划拳式的男子汉是浅薄的，追求宝马香车、舞榭歌厅、名酒美人式的男子汉也是趣味不高、不完全的。优秀的人物一眼看过去就出类拔萃，气质透过外形表现出来。人可以貌相，但需有慧眼，蠢人看到的是衣饰，高人看到的是骨骼，古人说的"骨骼清奇"。优秀的人和谐，他们完善饱满，有充裕的能力理解别人，说话到位，往往一语破的；他们往往不会冒昧地为难别人。

余秋雨这次到新疆来，搞了文化讲座，给我们新疆的文化界留下难忘的印象。他的理性思考能力很强啊，认识文化现象站得很高，有人称他是"末世英雄"；贾平凹去年今年两度来新疆，他说去年回去以后"书法大有长进"，因为新疆地方大气，明显地影响了他的书法。一挥笔，果然，是比去年的字好了许多。

新疆开始不断地受到了一些当代文化人物的注意，这也是新疆文化发掘、提高的际遇。这种碰撞，正是不同的大文化背景下的碰撞，很难得啊，孤陋寡闻产生不了有生命力的文化。我感到，下个世纪，新疆有可能产生出新的文化品种，这是西域文化和中原文化、长江文明碰撞结合的产物。文化总是在碰撞交融中诞生发展，孟老刚才也说了，人类历史上的几次大文明，都是这样产生的。

这就是历史的大际遇，因而我们是幸运的。要看到这个大前景，一个人才明白自己所做的事的意义，做这种文化的奠基人是非常幸运的事，是千年不遇的机遇。我们现在讲"奉献"，奉献的可能到来时你却不认识，历史给了机遇，没有捕捉住，你还能怪谁？

人未必能够超过前人，比如李白、杜甫，诗人无法超过他们；比如《红楼梦》《三国演义》《聊斋志异》，写小说的没人超过他们的成就和影响，更不用说生命力的长久。同时人又无法保证不被后人超过，你写了作品，当时蛮不错，过了十年是个人都能比你写的那一套高明，这有什么办法？

永远超不过前人，却又太容易被后人超过，这就是当代人的处境，两间余一卒。那就这样想：只有当后人超过了你，他们才更有可能认识你的价值。

台湾李敖说的那种中国前三百年、后五百年文章第一的话，听了让人好笑，可以指比前人，粪土当年万户侯，但没法去比尚不存在的后人。夸张过火，可做广告，然而不是一个学者的作为。有哗众取宠之心，无实事求是之意。

要平心静气地去生活、去创作，要让一些念头自然成熟，不要催它、拔它，也不要给它上化肥，要顺应它、关怀它。文学一定要顺乎自然，行于当行，止于当止，这是文学规律中最基本的一条。

否则，你播下龙种，收获的却是跳蚤。

1996 年 9 月 23 日整理

散文和散文理论

一

理论的本质无非是一种总结。

它总是以已经发生的事物为对象，认识、研究、总结、概括，然后找出规律性的东西，解释已经发生过的并试图指导正在发生和将会发生的事物。

然而事实往往是相反的：越是试图指导运行事物的理论就越容易遇到尴尬的场面，越是作全面概括状的就越容易漏掉最重要的，越是佯装公正的就越容易露出私下交易的马脚。事实是，理论作为现实世界的裁判者和预言家的时期已经结束了。

歌德的伟大之处也在于他很早就看清了这一点：理论是灰色的，而生命之树长绿。用理论一成不变地指导（框缚）现实呢，还是从纷繁活跃的现实世界中不断地总结新的认识、新的经验？是理论重要呢，还是活生生的生命重要？这是一个简单的命题，但也是一个经常被弄颠倒的问题。

实践第一的观点就是生命第一的观点。世界上没有什么理论比人和人的生活欲望更重要，世界上也没有什么精神品格比人的生存要求更重要。

让理论成为人生的一部分，成为生命的基本要求，理论才有意义，才不复是"灰色的"。

二

有真知灼见和启迪意义的，往往不是指导者和裁判，而是体会的积累、感受的升华、顿悟的扩展、预见的诞生。它既可以是经验的，也可能是先验的，但往往以不太理论的形态出现。

它应该是创造，只是这种创造带着鲜明的理性色彩和思想光芒。

它还应该是亲切的、自然的，它的语气不带有教师或牧师的成分，而是阐述的交谈。

它更应该是公正严肃的，一个有头脑的评论家的文字里，应该杜绝投机、献媚、拉小圈子、毫无原则的吹捧等习气。

如果从这样的意义上说，我是尊敬理论的。

相反，我非常藐视，称那些是"屁话"。

三

据说现在散文比较活跃了，什么"女性散文"啦，"新潮散文"啦，总之是"太阳向着散文笑"了。

活跃好不好呢？活跃总比死气沉沉要好。但是对当今中国文坛的所谓"活跃"，我总是抱着一点戒心的。因为很多的活跃，已经证明是短命的，是一群急于扬名的人的不安和躁动。往往由于条件的不备、准备的不充分、人为的原因和质的欠缺而造成流产，使读者失望，观众四散。

任何一件有长远目标的事情，是急躁不得的。"捞一把就走"的心理是一种很不好的心理，在创作上没有百分之百的准备不可以随意去"鸣锣开道"。鼓噪和宣扬是热风烈火，倘若不是金子，最好不急于把自己放上去。

散文是沉静心态下的产物。

文学作品的意义不是以简单的性别分类、时间分类去剖析的，更不是情况扫描、动态报道可以概括的。

幼稚并不可笑，可怕的是无聊。

经历了十多年的文学运动之后，文学界也好，散文界也好，应该成熟一些了。

四

在所谓的活跃后面，我们应该看到的是深刻的变革，甚至可以称为散文文体的革命。这是活跃表象掩盖下的深刻本质。然而这深刻的内容恰恰是不易觉察的，营垒并不分明，顽强的生命力虽然拱起了地表却还不能灿然舒展，创新者尚不被理解，清醒的苦斗者仍孤军奋战，旧的观念和习惯还有着强大的基础……这一切，构造了现今的散文状态。

这场革命是那么平静，没有厮杀声，没有刀光剑影，同时也没有征服者和俘虏。但它照样有推进和抗拒、反抗和压迫、围剿和寻找新的根据地。

文化的革命正是这样，并不一定总是轰轰烈烈的。艰苦卓绝的意义，荷戟彷徨的苦闷，勇猛和韧性，判断和抉择，这一切在个体心灵中爆发的大规模冲突都是在平静表面的后面进行的。但是它最终产生的影响力，是深刻而久远的，散文的革命正是这样。

这或许是新时期文学的最后一次会战。

五

我所说的散文革命不是打土豪分田地，不是贬低谁另外捧起谁，也不是重新瓜分散文世界仅有的几顶小小的名家帽子。

原来产生过的东西有产生它的原因和背景，贬低起来是很容易的。重要的是总结、认识这一切，站在今天的高度（能站在历史的高度自然更好），从那种惰性的习惯中解放出散文，使之重新具有活泼的生命力和自由的创造力。"解放散文"并不是一句故作惊人的豪言壮语，而是为现今散文求发展、求生计的唯一途径。散文的旧模式在人们的头脑里太久了，新时期以来的各种文学浪潮都没有能从根本上动摇它，可见它是顽固的。

但是它最终逃避不了被解放的宿命。

只有思想的解放才能带来散文的解放，一切观念、形式的变革无不是在思想力量的冲击下改革形成的。思想的洪流在时代的气候影响下形成大水，它体现了进步的要求，造成了冲决的伟力，从根本上说，代表着群体的愿望，并不是哪一个人具有如此天才的神力。

大水奔流之间形成湖泊，湖泊是河流力量的一次停歇和总结；

大水继续奔流，抵达海洋，海洋才是历史不朽的殿堂；

停歇和总结就是需要理论的观照。

而入海，需要大家的共同努力，一滴水或一条小溪是入不了海的。唐诗不朽但不仅仅是孤独的李杜，宋词辉煌也不是只有苏辛，一种文体的巅峰是整个时代造成的，遍地英雄推举出了代表那个时代的文学天才——这"推举"是刺激、竞争、铺垫，也是对抗、诱发、引领；天才不是孤立的，他是大家的心血养育而成的。

但是只有他，是我们整体的象征。

六

我们正生存在一个充满偏见与错觉的文学环境里，这是一个混乱的、缺少公正与准则的交易所，一个有效组织与权威作用出现空白的地带，一个各种渠道与网络堵塞并失效的系统，一个令人沮丧的舞台。

文学界糟糕的生态环境，使得不少有文学才能的人悄然离去，许多有成绩、有前途的作家失望搁笔，人们看到，文学理想和文学抱负在这样的环境里是无法凭借个人的努力去实现的。既然如此，文学还有什么意义？文学的魅力和它最重要的意义在于：它对个人兴趣以及由此产生的个人奋斗精神所给予的承认和实现的极大可能性，它的平等竞争原则和不囿于等级、门第、党派、圈子等限制的广泛采纳性，它的由于本民族文化发展的要求而产生的对天才人物的热忱和推崇精神……丧失了这些，文学就只能成为单纯的个人嗜好，它就不再对民族文化具有什么重要意义。

文学界也就不再是诗人、作家、评论家的温床，而成为文学掮客、刀笔吏、文痞墨棍、活动家、泼皮牛二、文学商贩……的乐园。而这两类无论如何在本质上是不同的。

对文学来说，不仅仅是"环境污染"，严重的问题是——家园丧失。

这是比个人成名成家重要百倍的事。

没有有效的组织和可以信赖的秩序，就没有成绩。

为什么那么多青年诗人不约而同地写流浪、漂泊、土地、麦子？因为他们凭着诗人的敏感，很快就意识到了家园的丧失。

七

重建精神家园的最后的一次机会，就这样落在了散文和散文理论的脚前。

或者用两只手紧紧地抓住它；

或者愚蠢地从上面踩过去。

丧失这一次机会，也许中国当代文学就会沿着这种混乱、残败的局面一直滑下去，一直滑到下一个世纪，直到在新的一代中产生一只强有力的手，扭转它并且刹住。

因此对于今天来说，更要紧的几乎不是散文，而是散文理论——文学理论。

理论在本质上不仅仅是总结，我需要补充的另一面是，理论还是一种对建立某种秩序的尝试。而这种秩序，是必要的。

一切事物都是这样：破坏—建立秩序—再破坏—重新建立。不破不立，立而复破，循环往复，不断发展。

散文和散文理论也不例外。

放牧汉字

我写了大量关于新疆的散文，支撑起全部作品的骨架，是六篇东西，篇幅均在两万字左右。这六篇东西，自然形成，事先并无谋划，事隔多年后看，才显出它们的特殊作用。我说过，六篇长文定天山。这六篇长散文，也是理解我的文学和新疆的关键词，其中的背景和回声，读者可能不知道，放在这儿备忘。

苏武牧羊，我在西域、在长城两边游牧五千汉字，汉字就是我在游牧世界里的羊群甚至是野马群，这些中原的家畜移居到塞外一个个变成野生动物，而且文字的质感像高级丝织品。

第一篇是《哈拉沙尔随笔》，写了焉耆、开都河、回民往事；写于1985年，发表在《解放军文艺》上。当时有人跟我说，你在乌鲁木齐回民的凉面摊上吃凉面，人家要是知道那篇文章是你写的，绝对不跟你要钱！我听了笑了笑，没那么大影响吧？人家卖凉面的谁看你那个！

过了十几年，焉耆有个女作者娟子，出了本写焉耆回民的书，她是当地回族。她竟然把这篇文章全文引进书里。她书里写到，想不到一个汉族人能对回族的理解和同情深入到这种程度，我内心受到极大震撼，几次痛哭失声，所以把全文引进了书里。她后来通过赵光鸣介绍来看我，带着丈夫和女儿，我才知道这篇文章在回民中产生的广泛影响，很感欣慰，没有白写。

还有一个回族朋友师歌，他是个极其热爱文学的人，他把我的一本散文集全部手抄了，用一个大厚硬壳本，一字不漏，工工整整，干干净净，当然包括这篇《哈拉沙尔随笔》。后来他干脆把这个手抄本送给了我，我如获重奖，双手接过，妥善保存。我说，你抄它干什么呀，你吭个气，我送你一本不是很容易吗？他很庄重地说，抄一遍不一样，我太爱它们了。

就是这个师歌，后来倾毕生之力写了一部长篇小说《白桦林旧事》，稿成，请我看看，提些意见。写的是山东人到俄罗斯，娶了俄罗斯女人，以后又回到新疆创业的几代人故事，取材新颖，也很有基础，只是笔力稍弱。他竟提出送给你吧，你把它写成一部大作。我岂能掠人成果，婉辞了，他却痛惜不已。

这就是新疆人，新疆的回族人。他们要是对你好，恨不能把心掏出来给你煲汤治病，真诚、豪爽，是他们性格的基点。师歌 2011 年因患癌症去世了，他一生的文学理想终于未能实现。

第二篇是《吉木萨尔纪事》，写了父母下放时去的农村，北疆农村，古代的北庭都护府所在地。家庭落魄，反而使我短时间近距离地接近了农村和农民。一个中等的省会城市和中级干部家庭，已经足够让它的生活和农民相去甚远了。

吉木萨尔我只待了十几天，伊犁的再教育生活只有一年，喀什的岁月略长些，将近八年，但是这些倒霉、落魄、失意的日子，往往造成石头一般坚硬的记忆，而顺风顺水的日子反倒像落花流水一样轻飘易逝。这说明了记忆的分量往往由苦痛凝成。

我至今认为这是一篇血泪文字，尽管是在相隔将近二十年后经过相当冷静处理的文字。这段生活改变了我的一生，它是我命运的拐点；如果没有我父亲这种结局的突兀出现，我很可能会沿着一个五陵年少、翩翩公子的生活轨迹延续下去，直到有一天突然发现自己已经被社会的变迁远远甩在车厢后面……

　　《吉木萨尔纪事》正是记录这一阶段的真实，它毫无虚构、笔笔再现，虽然通篇并没有多少血泪呵，控诉呵，压抑呵，阴霾呵，但那生活是沉重的、沉痛的，沉甸甸的沉痛。

　　许多年之后，我读到了殷实写的评论，我知道，有人读透它了。殷实写道："由于周涛在自己的感情牵引下将那沉睡于各自的内涵与功能中的语汇作了最有效的搭配，使我们在一个前所未有的程度上目睹了我们仅靠日常经验所不能触及的残酷事实。""他没有在各种涌动于这个时代的艺术思潮、文化变迁中惊慌失措，他从未忘记用自己的双眼注视自己脚下的土地。"

　　知我者，殷实也。因为他以及和他有共同感受的人们，这篇东西也没有白写。

　　第三篇是《伊犁秋天的札记》，写于 1989 年。伊犁军垦农场再教育的一年，是我一生中最痛苦、最劳累、最不堪忍受的一年，不料，偏偏是它成了我的创作不竭的泉源。更为奇怪的是，我不仅没有痛恨伊犁、诅咒伊犁，反而因专注于伊犁的自然之美而减轻了、忘记了当时强加于精神上的极大痛苦。

　　从 1971 年 2 月到 1972 年 3 月，我们来自全国各地的四百多名大学生在伊犁新源县前七师农场劳动改造了整整一年。那个位置就是现在赫赫有名的巩乃斯草原，也就是那拉提风景区。极端压抑的、不自由的政治环境和现实生活，与大自然无与伦比的广阔怀抱形成强烈反差，与草原河流万类生灵的美丽自由形成强烈反差，我们这些大学生的精神监狱，就建在伊甸园上！

这篇东西可以说尽得草原自由随意之魂，那个时候没人敢这么放肆地写散文，连我自己写时也感到太过分了吧？这样行吗？但是写得舒心得意，这就壮胆写完了。谁教我的？咱不是学了什么国外名家，也没受什么思潮呀、文学流派呀的影响，怎么来的？草原与我，本性与我，这两者结合起来才有了《伊犁秋天的札记》。

马丽华是个内心很狂的女人，有一次她对我说，你那些散文我也能写出来，但是《伊犁秋天的札记》我写不出来。这个意思的话，好像裘山山也说过。但是这么好的一篇东西，各种散文选本从来不选，他们像见到强光一样不敢正视，只能假装没看见。你以为文坛是个什么东西？就是一群鸵鸟和蝙蝠充当裁判的地方。

有人曾经给我拿来一本三毛的《撒哈拉的故事》，说你看看人家是怎么写散文的。我看完，又问我怎么样。我说这充其量就是一些优秀的中学生作文罢了，还拿来给我看，你回去把《伊犁秋天的札记》找来读一遍，你看看我是怎么写散文的吧！现在的人是"时尚阅读"，一会儿发掘出一个新景点，像旅游一样一群人蜂拥而上，吹得玄乎，唬谁呢！过眼云烟，喧嚣一阵。崇山峻岭成不了这种"时尚阅读"的景点，但它们长在。

第四篇是《蠕动的屋脊》，写昆仑山的，上了阿里，那是1983年去的。

一路有惊有险，刚到三十里营房，下车时就吐了一口。到甜水海头就有些晕，干脆直奔多玛吧，二百多公里路翻山越岭怎么也赶不到。夜过死人沟，困得没办法，我说管它呢，停车睡一觉再走吧，司机都边睡边开了。周政保不干，说，死人沟不能停，一睡就醒不来了，完蛋了，要不怎么叫死人沟。只好再赶路，到了多玛兵站已是凌晨四点了，饭都不吃了，躺到通铺上就睡着了。第二天天刚亮，床铺剧烈摇晃，醒来，心想，周政保干什么呢？一看，吓坏了，他口吐绿沫，浑身抽搐，不省人事。我还没见过这阵势，以为他要死了。赶紧送医务室抢救，输氧，折腾半天。医生说，小意思，高原反应，见多了。等缓过劲儿来，周政保喊饿，医生给弄了粥，加糖，吃了一碗，还要吃。行了，死不了了。我说，不行就算了，返回？他竟然说，要回你回，我还要上！我好好的，我回什么？又继续上昆仑。

本来这件事是写进了《蠕动的屋脊》的，后来删了，怕周政保不高兴。他自尊心非常强，有次拿他的深度眼镜开了个玩笑，他马上沉下脸说，请不要拿人家的生理缺陷开玩笑！近视眼算什么生理缺陷嘛，他都如此过敏，在昆仑山口吐绿沫、浑身抽搐要是写进去，那不等于揭丑吗？谁知以后说起这事，他倒平和，说这个可以写进去的。

这次昆仑之行，成了我军旅生涯的一个转折点。我终身感念昆仑的恩赐，它让我收获了一篇散文《蠕动的屋脊》、一本诗集《神山》。

第五篇是《博尔塔拉冬天的惶惑》，写于1991年。

正好新疆军区政治部副主任吕春禾少将要去博尔塔拉，他不带秘书不带机关干部，偏偏想起两个因改文职而没了军装的人：我和唐栋。我俩正好满腹牢骚无处排遣，就跟着去了博尔塔拉。

吕春禾是改变了我命运的人。我1979年从喀什地委调干入伍，就是他爱人杨国珍提议，他一手办成的。他当时是乌鲁木齐军区宣传部长，他爱人杨国珍是我父亲的同事，两家关系一直很好。所以我这次关键性调动，还是我父亲修来的，我岳父也起了一定作用。调的时候，地委书记不放，这是靠我岳父给地委张中涛书记说了话。

吕春禾是个很会识人的人，他看中培养的人，日后不少人担任重要职务；但他能看重我，非常出乎我预料。我一天胡说八道、牢骚满腹，文人气重，自由散漫，不是政治上能培养成材的料。他看重我什么呢？他可能看重我思想活跃，不受羁绊，还看中我有才气。作为一个政工干部，能有这种胸怀和文化眼光，很不容易。

就是在这样一些背景下，我和唐栋跟吕春禾去了博乐。文中的一些思想对话，就取自吕春禾，他想的有些问题非常老到，往往致人死地。我们两个文人跟着他，说话倒是无所顾忌，但是感觉上就像古代的幕僚跟着什么诸侯王似的，不伦不类，滑稽可笑。

就这样，回来之后写成了这篇东西，好像没引起多少共鸣。直到陈骏涛编"跨世纪文丛"，收入我一本《高榻》，王绯女士写跋的时候，对这篇给予很高的评价。她说："周涛在一九九一年为自己的成熟立了一块用文字砌成的纪念碑，这便是他最具心灵价值的散文《博尔塔拉冬天的惶惑》。"

第六篇是《和田行吟》了，那是一次非常愉快的精神漫游，一次难得的精神美餐。写于1993年11月。因为那年秋天殷实来新疆，殷实是我的好朋友、小兄弟，他原来在兰州军区，后来上了解放军艺术学院文学系，毕业后被解放军文艺出版社的社长程步涛看重，留在北京当编辑。殷实是当今诗坛很少有的那种没有功利心的诗人，他不但没有功利心，我觉得连上进心都基本上没了；同时他还是一个眼光独到、见地非凡的批评家。他新近出版的一部评论集《当小说成为哲学的仆役》，我读了相见恨晚，常置床头，认为真正的文学批评终于出世了。

我是怎么和殷实成了这么好的朋友呢？说不清楚，按说他比我小了十多岁，又不常见面，还没有工作关系，可以说两个人没有任何成为世俗性朋友的条件，可偏偏二十多年来隔几年一见，每次见都丝丝入扣，心性相通。他专门跑到新疆来了，我陪他去了和田。我是很少陪人的，可是陪他我心甘情愿，和他结伴去和田的日子是一种享受，自由自在，胸无挂碍，真有点"两小无猜"的意思。

他和田之行结束后，回到北京给我写了一封信，他高兴得要命，说和田之行像做了一个梦，完美极了！我看了信也想给他回信，我说我给你回一封长信，这封信就是《和田行吟》。

这是一封两万多字的信，通篇都是回信的语气，其中写到的所有的场景、人物、经历、风物，都是两人共同经历的。我们彼此是对方的摄影机，所有的事物，点到即心领神会。

那也是我第一次去和田，和田如梦，真是一支《如梦令》。这篇文章我也写得一改往日所谓"雄风"，那么柔情，那么温婉，完全像换了个人。发表出来以后，有人认为是失败之作，丢失了自己的风格。我也不认为一定是成功之作，但我并非认为我的风格就一定应该固定在那里，我也是个多面体，多棱镜，可以反映出不同层次的色彩。婉约一次又何妨？艰涩一下又怎样？沉郁虚幻一番又有何不可？所以我并不认为失败，也并不害怕失败，对《和田行吟》，我私心还很偏爱。我给朋友写了一封长信，我为和田写了这篇长文，我记录了自己内心的美妙感受，这就够了，这还不够吗？

文学码头

　　我们在思考文学的时候其实是在思考整个社会。在这个社会中，我自己身上有一种悲剧性，人生都是悲剧，乐呵呵地度完人生的悲剧。因为你心里要实现的远远不是这些，而你真正想实现的理想，你可以看到它是不可能的。这不是悲剧吗？甚至于是绝望。

　　在刚开始搞文学的时候，连发稿子都发不出去，到处退稿，连想都不敢想得全国奖；但是你会慢慢地在这个过程中眼界略微打开一点，人的心也就打开了，心打开了以后提升了自己，不再会为这些小得小失而在意了，那不算个什么。虽然得了两个奖，但最后你得到的结果是文学理想的幻灭，神圣文学殿堂的坍塌。远望的海市蜃楼是诱人的，走近了才发现什么都不是。

　　咱还是在一个边远地区，活了一辈子还是个乡巴佬。如果我们活在这个世界的顶级城市里、顶级文明里，我绝对轻看这个世界，结果我这么个乡巴佬都可以小看天下。

　　我从外国文学得到的影响也是个别的一些话，并不是作品。比如一个美国作家说过，兴许我的作品并没有达到多高的高度，但我自豪的是我从来没有为政治服务过。这个观念对我产生了很重要的影响，这个影响从我的作品当中可以看出来，就是说不管我的政治是什么观念，但是我不用我的文学去给它服务。

还有一个作家写的一句话，说生活中所有琐碎的事情都是文学，没有必要去制造或者是编造一些离奇的事物，捕捉离奇的、超常的事物，实际上只要一双发现的眼睛。你能不能发现生活中普通的琐碎的，像灰尘一样无足轻重的事物，它们和整个世界都联系着，不是可有可无的，所以要有一双发现的眼睛。去专门写一些大事件那个太容易了，远航归来必有可告人之处，真正人人都经历的生活，人人都看到的东西，它的深刻被你发现，那才叫真正的作家。这个理念对我影响也很大，从此以后我的文学始终在警惕着，一个是不当附庸，一个是不去猎奇。

如果说文学潮流对我的影响，实际上有一滴水两滴水就足够了，哪有一个巨大的海洋让你去游泳？我们所能获得的也只有那么点点滴滴，我的文学是滴灌出来的，长期的滴灌，让一棵植物活下来了，成长了，是不是长成参天大树不一定。周围环境很干燥，我是在沙漠当中生长的。

穷文富武，文丑武俊，古人总结得有一定的道理，但不是绝对的。任何一个人不管是干什么工作，他一定是文武全才，两条腿走路、两只手打人的方针。只把自己限到文里或者是纯粹地限到武里，一个是穷鬼，一个是傻×，都不行。文明其精神，野蛮其体魄，这两条我觉得是一个健康人、现代人必须具备的。你可以在精神上实现这种统一，文韬武略，从文的人也要有武方面的训练。现在文武之道本身就混淆不清，不像古代，文臣就是文臣，武将就是武将。现在什么是文、什么是武？宣传部长是文还是武？宣传部长认为作家协会的人就是文人，他就是武人，他掌握权力。

我写过一个东西，我的一生介乎文武之间：生在军队里是武，这是打的底色；读书上学是文；当运动员从武；然后又回来读书上学喜欢文学又从文；从文以后最终又跑到兵营里从文了。可以说文不成武不就，也可以说文武两道都在滋养你，也都在制约你；制约也是滋养，制约本身就是强迫你去思考一些问题。

艾青接触很少，就见过一次面。

1986年第一次新诗奖的奖金也是一千块，那次是艾青颁奖，胡乔木、王蒙都在主席台上。艾青眼睛已经看不太清了，我对艾青还是很崇敬、尊重的。他跟每个获奖的人握握手，本来跟我握手的时候他也看不清我是谁，旁边有人给他介绍说这是新疆的周涛，他两手一下子抓住我的手，脸上的表情不一样，我当时感觉到艾青对我有好感。我以前和艾青没见过面。杨牧经常去拜访艾青，执弟子礼。

我这个人有一个毛病，也可以说是特点，可能早期极其崇拜文学，所以与真正崇敬的作家或人物保持距离，不接近，害怕完美的东西在现实中破坏。结果是见一个破一个，我都不敢见，对艾青也是这样。艾青的夫人高瑛那次也在场，她很惊奇，说周涛长这样？我那时四十岁，穿一身军装。她说有空到我们家来玩，我说你们家门槛高，她说我们家门槛对你不高。但我也从来没拜访过他们家。

臧克家我也没有拜访过他，这些人我都很尊敬，从来不去拜访。刘白羽也是这样。1989年初夏，刘白羽专门把我们几个人叫到他家见一面，让我跟钱钢他们去。我说我就不去了，钱钢说那怎么行，刘部长今天的目的就是要见你，不是见我们，我们都见得多了。我就去了，到了刘白羽家，刘白羽眼睛一直注意的是我。之后刘白羽对我非常关照，但后来我再没去。李瑛家我也没去过。李瑛当部长，听说我到北京了，派程步涛到处找我，把我叫到他的办公室。程步涛陪着我去的，我也没有多说话，也没有提出要求，那时候我还年轻。这些人没见的时候很崇敬，当年如雷贯耳，见了人一接触，并不觉得能有多少共同的东西。

我这个人不拜名人，不拜门子，不登码头，也造成我在人际关系上受损。太狂了，好像没有他看上的，没有他佩服的。实际上内心还是有的，该佩服的人我还是佩服，但是行为上做不出来。

1984 年，我到《上海文学》领首届文学奖的时候，颁奖会上全是名人，王蒙、冯骥才、邓刚、张抗抗、邓友梅，都火得很，都比我强。这些人在一起一个星期，大家发现，说周涛从来没有主动进过谁的房间，从来不串门。你来行，我不去，因为他们都比我强。

这一点他们印象很深，说这才是真正的诗人，骨头硬。说句不好听的话，那次那些人哪个都能够让人膝盖软，在那个年代能唬死你，金光灿烂，满脑袋都是光圈，但我当时还是能够顶下来。